# DIE SÄNFTE DES ZUFALLS

### Erzählung

Peter Heinl

# DIE SÄNFTE DES ZUFALLS

Erzählung

**THINK**AEON

Copyright © Peter Heinl, 2018

Thinkaeon®

Thinkclinic® Publications

Thinkclinic® Limited

32 Muschamp Road

GB London SE15 4EF


ISBN 978-1-9998339-3-0

www.thinkclinic.com

drpheinl@btinternet.com

Twitter: @DrPeterHeinl und @Thinkclinic

Facebook: peter.thinkclinic und thinkclinic

LinkedIn: Peter Heinl

Xing: Peter Heinl


Gestaltung und Umsetzung: uwe kohlhammer

Umschlagabbildung: Peter Heinl

*Dida,*

*Hans-Bernd, Max, Barbara und Waltraut*

*zum Dank für leuchtende Sommer*

*gewidmet*

Dagegen wäre diese Linie wieder, von einer andern Seite,

etwas sehr Geheimnisvolles.

Denn sie wäre nichts anders, als der *Weg der Seele des Tänzers*

Heinrich von Kleist, *Über das Marionettentheater*

# INHALT

# I

## DIE SÄNFTE DES ZUFALLS

„Darf ich Sie noch zu einem Abendspaziergang einladen",

fragte ich, Nikolaus B, Amalia M, nachdem ich sie zur Haustür

ihrer Wohnung begleitet hatte, die sich in einer Seitenstraße

der Platanenallee „Zur lichten Promenade" befand.

Die spärliche Straßenbeleuchtung ließ Amalia M's Gesicht

und auch ihre Augen nur im Halbdunkel erscheinen. Deut-

lich sah ich nur ihre Stirn, auf der sich das Licht schwach

widerspiegelte. Meine Aufmerksamkeit war jedoch darauf

gerichtet zu warten, ob sie meiner Einladung zustimmen

oder ihrem Wunsch folgen würde, sich zur jetzigen Uhrzeit,

um zwanzig Uhr abends, in ihre Mietwohnung zurückzuziehen.

Frau Amalia M's Wohnung war mir unbekannt, da ich sie noch nie von innen gesehen hatte. Ich vermutete – und um mehr als eine Vermutung handelte es sich nicht –, dass sich Amalia M gemütlich eingerichtet hatte. Im Rahmen unseres bisherigen kurzen Gesprächs hatte sie einen kleinen Balkon erwähnt, der ihr einen freien Blick nach draußen auf den offenen Himmel gewährte und die Möglichkeit, die Wandlungen ihrer Topfpflanzen im Lauf des Jahres zu verfolgen.

Ich vermutete ebenfalls, dass sich hinter der verschlossenen Haustür ein Treppenhaus hochziehen würde. Denn wie wäre es Amalia M sonst möglich gewesen, in den ersten Stock und in noch höher liegende Stockwerke zu gelangen? Es war kaum zu erwarten, dass sich hinter der Haustür eine

Hühnerleiter oder gar ein Seil bis in das sechste Stockwerk hochzog.

Gewiss war es denkbar, dass sich nahe der Haustür der Zugang zu einem Lift öffnete. Vielleicht lag in dem Treppenhaus auch ein grobmaschiger Teppich. Dass Bilder an der Wand des Treppenhauses hingen, schien eher unwahrscheinlich. Eine Hausordnung hing vermutlich an der Wand, vielleicht mit handschriftlichen Anmerkungen versehen, da Hausordnungen einen vorteilhaften, ordnungsliebenden Eindruck erwecken. Es ist wichtig, schon beim ersten Betreten eines fremden Hauses einen guten Eindruck zu gewinnen, vor allem, wenn es im Treppenhaus still und kein menschliches Lebenszeichen auszumachen ist.

Was mich bewog, Gedanken über das Treppenhaus nachzugehen, vermag ich nicht zu sagen. Andere Zeitgenossen hätten sich vielleicht vom Duft des Parfüms, das Frau Amalia

M's Gefallen gefunden hatte, inspirieren oder gar zu Fantasien hinreißen lassen, um nebenbei die Marke des Parfüms zu ermitteln.

Denkbar wäre auch, dass sich der Elan der Fantasie in Handlungsimpulse übersetzt oder gar verselbstständigt und dazu ermuntert hätte, einen oder mehrere Schritte weiter auf Amalia M zuzugehen, durchaus bedacht, diese Schritte in die Maske des Zufälligen zu hüllen. Jemand anderer hätte sich vielleicht vom Licht der Fenster und dem, was sich um diese Abendzeit an Geschäftigkeiten hinter den Vorhängen abspielen mochte, zu gedanklichen Ausflügen anregen lassen. Aber meine Gedanken waren nun einmal dem Weg in das Dunkel des Treppenhauses gefolgt.

Es war so gekommen, wie so vieles in meinem bisherigen Leben gekommen und gegangen war und vielleicht auch wieder kommen und gehen würde. Im Übrigen nicht anders, wie dass ich heute am frühen Abend Amalia M rein zufällig –

manche mögen dies als eine Art Vorsehung bezeichnen – im

Zentrum der Stadt unweit des in kaiserlichem Pomp erbau-

ten Bahnhofs über den Weg gelaufen war oder, genauer

gesagt, in den Weg gelaufen oder, noch genauer gesagt, in

ihren Weg gelaufen war.

Ihr Weg und meiner hatten sich gekreuzt, wie sich zwei

parallele Linien im Gedankenwerk der nicht-euklidischen

Geometrie schneiden. Es ließ sich als ein Glücksfall bezeich-

nen, dass es überhaupt zu einer Begegnung gekommen war,

und zudem an einem Ort in der Nähe des Hauptbahnhofs,

der als eine Inkarnation des Auseinanderlaufens und Vor-

beigehens betrachtet werden könnte.

Gewiss ließe sich einwenden, dass der Hauptbahnhof

auch einen Ort der Begegnung darstellt, da nicht nur viele

Menschen ab- und somit auseinanderreisen, sondern sich

Menschen auch wiedersehen, sogar augenfällig in die Arme fallen. Wer wäre jedoch in der Lage, mit Bestimmtheit zu sagen, ob es sich hierbei jeweils um Begegnungen im Sinn des Schneidens paralleler Lebenslinien handelt? Ich möchte mir nicht anmaßen, dies zu behaupten, da ich nicht weiß, welchen Linien einzelne Menschen folgen. Ich vermag auch keine Magnetlinien zu sehen. Aber vielleicht sähen sich Astrologen in der Lage, eine Aussage zu den Linien abzugeben.

Warum war ich, um die konkrete Situation nicht aus dem Blickfeld zu verlieren, überhaupt zum Bahnhof gegangen? Eigentlich ging es nur darum, noch einen Brief einwerfen zu wollen, wobei ich auch am nächsten Tag zum Briefkasten hätte gehen können, da es sich nicht um einen dringenden Brief handelte – ein Gedanke, der mir kam, als ich den Brief durch den Schlitz des Briefkastens geschoben hatte und der Brief mit einem leichten Rascheln im Inneren des Postkastens versunken war. „Hoffentlich habe ich auch die richtige Postleitzahl geschrieben", dachte ich, obgleich ich gerade noch überprüft hatte, dass ich das auch getan hatte. Es handelte sich jedoch nur um eine flüchtige Sorge, die sich schon auflöste, als ich mich umdrehte und bald das, wie ich schon sagte, im imperialen Stil erbaute Bahnhofsgebäude hinter mir gelassen hatte.

Für einen Moment noch, als ich gelbe, halb offene Telefonzellen und dann eine Wurstbude an mir vorüberziehen sah, befand ich mich in einem leicht desorientierten Zustand. Vielleicht wie ein Ozeandampfer, der nach der Wendung im Hafen noch einiger Zeit bedarf, bis er bei der freien Fahrt in das Meer die Zuversicht in die Himmelsrichtungen und die magnetischen Pole wiedergefunden hat.

Inzwischen war die Sonne noch einmal kurz am Abendhimmel hinter einer Wolkenwand hervorgetaucht, was mich beflügelte, wieder zügig nach Hause zurückzugehen. Denn gestattete ich mir den Luxus, wegen eines einzigen und zudem nicht gerade dringenden Briefs meinen Arbeitsrhythmus zu unterbrechen, dann war es sinnvoll, wieder möglichst viel Zeit einzuholen. Auch wenn ich mir bewusst war, dass sich verlorene Zeit, wie sehr auch immer ich mich beeilt hätte, nicht einholen ließ, so wie sich verlorenes Glück niemals würde einholen lassen.

Dann jedoch, und nur ein kurzes Wegstück später, war ich Amalia M begegnet. Gewiss hätte ich weiterlaufen können, so wie ich es in meiner Schulzeit manchmal getan hatte, um nicht in verlegene Blickfelder zu geraten. Dieses Mal jedoch hatte ich Amalia M angesehen, ohne zu wissen, aus welchem Grund ich es tat. Zudem – und dies war in der Tat ein weiterer bemerkenswerter Umstand, ja vielleicht eine Koinzidenz der Parallelität – hatte Amalia M mich ebenfalls angesehen.

Ihr Blick war mehr gewesen als ein reiner, distanzierter Austausch von Blicken, ohne dies präziser fassen zu können. Etwas war geschehen, das sich außerhalb der Linien und Kreise meiner bisherigen Gedanken bewegte und das ich nicht zu begreifen vermochte, während ich über den Bahnhofsvorplatz ging. Wobei ich festhalten muss, dass es mich nicht sonderlich zu beunruhigen schien, dass sich das, was geschah, meinem Begreifen entzog. Denn das Geschehen zog die Initiative an sich und es spiegelt das Geschehen in angemessener Weise wider, wenn ich sage, dass sich Amalia M und ich uns einige Minuten später in die gleiche Richtung gehend, und zwar nebeneinander gehend, wiederfanden.

Nicht dass mir die Orientierung abhanden gekommen wäre. Das Café, das an der Straße lag, die in den Bahnhofsvorplatz einmündete, war das gleiche wie immer. Wie so oft waren auch dieses Mal hinter der Scheibe der Caféfenster einige Köpfe und in Pullover gekleidete Oberkörper zu sehen. Im Hintergrund sah ich das geschniegelte, weiße Jacket eines Kellners.

Auch das graue Verwaltungsgebäude eines großen Versicherungskonzerns, das sich unweit, wenn auch in respektvollem Abstand zum Bahnhof, in die Höhe streckte, hatte sein Aussehen, das in seiner Unauffälligkeit ein Bemühen um Zurückhaltung vermuten ließ, nicht verändert. Sich dezent im Hintergrund zu halten, war ein Ausdruck kluger Versicherungspolitik.

Weder die sich in eilenden Schritten fortbewegenden Fußgänger noch die Fahrzeuge waren zwangsläufig die gleichen wie am gestrigen oder an früheren Tagen, wenn ich aus dem einen oder anderen Grund zum Bahnhof gegangen war. Einige mögen jedoch die gleichen gewesen sein wie beispielsweise an dem Tag, als ich mir den Sommerfahrplan am Bahnhof besorgt hatte.

# II

## EINE GEMEINSAME WEGSTRECKE

Jetzt, als ich Amalia M in der Dunkelheit vor ihrer Haustür vor mir stehen sah, wunderte es mich, was seit dem Moment der ersten Begegnung geschehen war, auch weil im Grunde genommen so wenig geschehen war, außer dass wir ohne viel zu sagen nebeneinander hergegangen waren.

Fielen Worte zwischen uns oder, genauer gesagt, schwirrten sie zwischen uns durch die Luft, da selbst die Erzeugung einfacher Worte von den Schwingungen vieler Luftmoleküle abhängt, so handelte es sich nicht um Worte, die Ungewöhnlichkeiten widerspiegelten.

Im Gegenteil war es so, dass die Worte kaum weniger tief-
gründig hätten sein können. So erinnere ich mich, dass ich
Amalia M, sie leicht mit meiner Hand an einem Zebrastreifen
zurückhaltend, als würde ich befürchten, sie sei selbst nicht
in der Lage, das rote von dem grünen Ampelsignal zu unter-
scheiden, sagte: „Bitte warten Sie noch einen Moment. Dort
kommt ein schnelles Auto."

Amalia M nahm meine Intervention kommentarlos zur
Kenntnis. Aber ich hatte das Gefühl, sie könnte denken, ich
würde vermuten, sie sei möglicherweise in ihrer Sehkraft
beeinträchtigt. Aber vielleicht war es Amalia M letztlich
gleichgültig, dass ich mit meinem spontan dahingesagten
Kommentar in ihren Sehraum eingegriffen hatte, ohne mich
zu vergewissern, dass sie das schnell näher kommende Fahr-
zeug selbst schon wahrgenommen hatte.

Vielleicht kam wiederum mir der von einer Befürchtung getragene Gedanke, dass, falls Amalia M das Automobil tatsächlich nicht gesehen hatte, es für einen entsprechenden Hinweis schon zu spät sein könne. Noch immer fahren Autos in der Stadt unangemessen schnell, auch im Zuge sogenannter grüner Wellen, die ungezügeltes Fahren geradezu anzuspornen zu scheinen.

Glücklicherweise überquerten wir den Zebrastreifen ohne Zwischenfall, wobei ich gestehen muss, dass mich bis heute die Abfolge der weißen Rechtecke interessiert. Denn kaum habe ich den Fuß auf ein weißes Feld gesetzt, wird dem Auge die Aufgabe zugemutet, sich an ein dunkles Rechteck anzupassen. Wobei ich hinzufügen muss, dass das Weiß kein reines Weiß mehr darstellt, sondern ein Weiß mit den Spuren einer vielfältigen Geschichte. Reifenabdrücke, Ölflecke oder gelegentlich zerfetzte Plastikstücke finden sich auf den Zebrastreifen. Manchmal lassen sich dort sogar die Spuren von Blut nachweisen, wobei diese in der Regel jedoch schnell entfernt werden.

Ich wundere mich selbst, warum mir der Zebrastreifen, gepaart mit dem eigenartigen Gefühl über einen Zebrarücken zu balancieren, so deutlich in Erinnerung geblieben ist. Vielleicht war es aus dem Grund, weil ich nicht allein über ihn ging, sondern in Begleitung einer Frau, der ich erst vor Kurzem zum ersten Mal begegnet war.

Weitere Gedanken hierzu stellten sich jedoch nicht ein.

# III

## EINE GEWÖHNLICHE ODER EINE SCHICKSALSFRAGE?

Jetzt, in der Dunkelheit, stand Frau Amalia M immer noch vor mir, als sei sie durch meine Frage nach der Einladung in eine schwierige Situation gebracht worden. Ich war ein Fremder für sie. Außer unerheblichen Oberflächlichkeiten hatten wir kaum etwas gesprochen. Dennoch, und dies war das Erstaunliche, waren wir einfach nebeneinander hergegangen.

War das Nebeneinander-Hergehen innerhalb der kurzen Zeitspanne schon zu einer Art Routine geworden? Waren Amalia M und ich, Nikolaus B, schon nach dem ersten Überschneiden der vermeintlich parallelen Lebenslinien circa fünfzig Meter vor dem Bahnhofsgebäude in einem quasi-automatisierten Zustand nebeneinander gegangen als glitten wir auf einer Sänfte durch die Stadt?

Hatte meine Frage Amalia M vielleicht in eine Bewusstseinslage versetzt, aus der sie sich ohne intensives, bewusstes Nachdenken nicht wieder herauszumanövrieren vermochte? Zumindest drängte sich mir der Eindruck auf, dass meine Frage sie mit alternativen Entscheidungsmöglichkeiten konfrontiert hatte. Aber wer entscheidet schon gern, zudem in der Dunkelheit, wo die Alternativen noch weniger sichtbar als am Tag vor Augen liegen?

Es war zweifellos alles andere als eine leichte Entscheidungssituation für Amalia M. Sollte sie ihrem ursprünglichem Plan folgend jetzt den Hausschlüssel aus der Tasche ziehen, die Treppen hochsteigen, vielleicht im Dunkeln das

Schloss zu ihrer Wohnung finden, oder selbst, wenn sie das Licht im Treppenhaus entdeckt hatte, im Halbdunkel den Schalter zu ihrem Flurlicht suchen, um sich dann in ihrer Wohnung wieder zu orientieren oder eben auch nicht, oder sollte sie meiner Einladung Folge leisten?

Bei genauerem Überlegen bestand noch eine weitere Alternative, nämlich die, hier vor dem Hauseingang einfach stehenzubleiben. „Hier stehe ich und kann nicht anders", soll schon Martin Luther ausgerufen und damit die Weltgeschichte verändert haben – zumindest in dem Teil der Welt, in dem ich und Amalia M uns aufhielten. Warum sollte Amalia M nicht auch sagen können: „Hier stehe ich und kann nicht anders", ganz bewusst hinzufügend, „auch wenn die Welt sich nicht verändert", zugleich dem stillen Wunsch Ausdruck verleihend, der Welt, die schon so viele und vielleicht viel zu viele Veränderungen hatte über sich übergehen lassen müssen, einmal ihre Ruhe zu gewähren.

Beinahe bereute ich es, Amalia M die Frage bezüglich der Einladung gestellt zu haben. Ich sah, wie sie abwog, wieder abwog und dann nochmals. Es musste gewichtige Argumente für das Eine sowie für das Andere geben. Das Hochsteigen in ihre Wohnung würde ein Zurückgehen, ja ein Bekenntnis zu einem ihr vertrauten Milieu und Zustand darstellen. Die Annahme meiner Einladung wäre jedoch ein Wagnis, ein Eintreten in das Reich des Unbekannten.

Im Unterschied zu einem Rückzug in ihre Wohnung würde das Wagnis die Bereitschaft zum Risiko verlangen — auch angesichts der fortgeschrittenen Dunkelheit, da in der Dunkelheit auch in einer Stadt Szenarien denkbar sind, die ein sorgfältiges, vorheriges Abwägen, Durchdenken, ja ein ausgereiftes Bedenken unerwarteter Einladungen für angeraten erscheinen lassen.

Zwar legen die städtischen Behörden Wert auf eine zivilisierte Ausleuchtung der Hauptverkehrsadern in ihrer Stadt. Alle Winkel auszuleuchten übersteigt jedoch ihre Möglichkeiten und die Behörden würden die Gunst der Stadtbevölkerung verlieren, würde der Versuch gemacht, die Nacht zum helllichten Tag zu verwandeln. Denn, obwohl dies nicht im Grundgesetz verankert ist, so hat dennoch ein Stadtbewohner unter Berufung auf den gesunden Menschenverstand ein Anrecht auf das ungestörte Erleben des Phänomens Nachtdunkel, ausgenommen der wenigen Unglückseligen, die gezwungen sind, zu dieser Zeit ihrer Arbeit nachzugehen, und die nur hinter verhangenen Gardinen ihrer Lichtfülle beraubte Tage erleben können.

So hätte Amalia M weiterhin vor der Haustür stehenbleiben können, was vermutlich zu missbilligenden Blicken seitens der Anwohner oder einer Flüsterei von Mietern geführt hätte. Was Frau Amalia M wohl vor der Haustür tue, würde man sich gefragt haben; ob sie nicht ins Bett gehöre?

Selbst wenn Amalia M sich noch so sehr bemüht hätte, ihre Situation plausibel zu machen, nämlich, dass sie aus freien Stücken in die Situation des Stehens vor der Haustür geraten sei, so wäre ihr wohl kein Glauben geschenkt worden. Das Konstrukt des freien Willens lässt sich zwar in den Lehrbüchern der großen Philosophen nachschlagen. Jedoch waren die Verfasser dieser Bücher in der Regel immer Männer, Amalia M jedoch eine Frau.

Auch ich, Nikolaus B, bin kein Philosoph. Gewiss hätte ich, so dachte ich mir, als ich sah, wie sehr Amalia M darum rang, eine für sie klare und ausgewogene Antwort auf meine Einladung zu finden, mich fragen sollen, ob ich ihr meine Frage bezüglich der Einladung hätte stellen dürfen. Vielleicht ließ sich die Sichtweise aufrechterhalten, dass meine

Frage durchaus legitim war. Zumindest hätte sie Amalia M die Möglichkeit gegeben, sich zu überlegen, ob sie mit einer Frage meinerseits konfrontiert werden wollte.

Aber vielleicht waren Amalia M nicht nur meine Frage, sondern ganz allgemein Fragen unangenehm. Denn es liegt im Wirkungsbereich von Fragen, eine in ihnen enthaltene Dynamik zu entfalten, die sich wie ein Kelch zunehmend weiter öffnet, ohne dass eindeutige Antworten letztlich je zu erwarten oder zu ermessen wären. Wer eine Frage in den Raum stellt oder, vielleicht präziser gesagt, wirft, wird ebenso wenig wie ein Ballspieler, der einen Ball in die Luft wirft, mit absoluter Gewissheit wissen können, wo genau der Ball landen und ob und wie er gegebenenfalls weiter hüpfen wird, was schon manche Ballspieler zu ihrer Verwunderung erfahren mussten. Selbst die exakteste, in sehnlichste Wünsche eingehüllte Vorbedachtheit ließ schon so manchen Ball im Ungehorsam gegenüber der ermessenen Flugbahn in den Raum der Unerreichbarkeit entkommen.

Da bekanntermaßen jeder Vergleich hinkt, so tut es auch dieser, da es Fragen gegeben ist, sich mühelos von der Schwerkraft zu verabschieden, um in die Weite des Weltraums zu entkommen, wo sie mit Antworten nicht mehr einzufangen sind. Wie beispielsweise ließe sich die Frage nach der Größe des Weltraums, ähnlich dem Fangen eines Schmetterlings mithilfe eines Netzes, mit einer Antwort einfangen? Wird sich überhaupt jemals eine Antwort ermessen lassen?

Offensichtlich existieren Fragen, mit denen nur eine mehr oder minder wie schmerzlich auch immer geartete Koexistenz möglich ist.

# IV

# IHRE KREISE ZIEHENDE GEDANKEN

Nun sah mich Amalia M kurz an. Vielleicht wollte sie mich noch einmal prüfen. Wollte sie ausloten, welche möglicherweise schwer definierbaren Absichten in meiner Frage mitschwingen könnten? Würde dies den Ausschlag für ihre Entscheidung geben?

Den Entscheidungsprozess, in dem sie sich jetzt befand, würde ich kaum beeinflussen können. Je mehr ich den Eindruck erwecken würde, sie zu ihrer Entscheidung zu drängen, desto schwieriger würde es möglicherweise für Amalia M, selbst eine Entscheidung zu treffen. Allerdings barg dies auch die Möglichkeit, dass sie ihre Entscheidung abschlägig begründen würde, ohne mir einen Einblick zu gewähren, was sie zu ihrer ablehnenden Entscheidung bewogen hatte.

Es schien, dass nicht nur ich ein Risiko in dem Sinn eingegangen war, dass ich eine Frage gestellt hatte. Ich hatte auch Amalia M einem Risiko ausgesetzt – dem Risiko, verschiedene Möglichkeiten mit unterschiedlichen Folgeszenarien gegeneinander abzuwägen. Aber nun war auch ich wiederum dem Risiko ausgesetzt, dass Amalia M die Frage, deren Beantwortungsrahmen offengeblieben war, so beantworten würde, wie sie vielleicht nicht meiner Wunschvorstellung entsprach, nämlich, dass sie meine Einladung annehmen würde.

Mehr als Amalia M's Blick zu erwidern, schien mir nicht sinnvoll. Alles andere hätte den Eindruck einer Einmischung in die Dynamik ihres Entscheidungsprozesses erwecken können. Wer eine Frage in den Raum, und in der Tat einen in Dunkelheit gehüllten Raum stellt, muss auch mit der sich aus der Frage ergebenden Antwort leben, gab ich mir zu bedenken. Nüchtern ausgedrückt, hatte derjenige, wer A sagte, auch B zu sagen.

Es ist wenig verwunderlich, dass der zuletzt zitierte Satz wenig zu einer Lösung der Situation beitrug. Zudem versprach dieser Satz auch wenig Trost, da Müssen selten Trost vermittelt und es naturgemäß einfach ist, die Buchstaben A und B zu Papier zu bringen oder auszusprechen, aber es sich sehr viel schwieriger gestaltet zu definieren, welche Erfahrung durch A und welche Erfahrung durch B widergespiegelt wird.

Wer von zu Hause, das heißt von A wegfährt, um nach B zu fahren, folgt im Grunde der Devise, dass das B-Sagen implizit die Rückkehr nach A enthält. Aber muss jemand, die oder der von A, das heißt von zu Hause, wegfährt, zwangs-läufig auch tatsächlich wieder nach Hause zurückkehren? Oder muss sie oder er in jedem Fall nach B fahren? Und wie steht es um jemanden, die oder der nicht von A nach B fahren, sondern einfach in A bleiben will? Vielleicht war die Vorstellung, über Aussagen von A und B nachzudenken, nur eine Art inneren Rückzugs vor der äußeren Wirklichkeit. Denn inzwischen waren einige Minuten vergangen, seit-dem ich die besagte Frage der Einladung an Frau Amalia M gerichtet hatte.

Im Grunde war nichts Erwähnenswertes geschehen, außer dass Amalia M schon bald, nachdem ich meine Frage geäu-ßert hatte, ihre Handtasche auf den Boden und zwischen ihre Füße gestellt hatte. Zudem hatte sie mir, wiederum etwas später, ihren Blick zugeworfen – wobei der Begriff zugewor-fen vermutlich zu wild und geradezu verwegen klingt. Denn sie hatte ihren Kopf nur einer leichten Drehung unterzogen, um mir kurz in die Augen zu sehen. Dann hatte sie sich wieder von mir abgewandt, als wolle sie wegsehen.

Vielleicht wollte Frau Amalia M nirgendwo hinsehen, auch nicht zu mir. Vielleicht wollte sie, wie man sagt, in sich gehen und auch in sich schauen. Wer könnte ihr vorschreiben, welchem Schwerpunkt der Betrachtung sie ihre Aufmerksamkeit widmen wollte? Es waren ihre Augen und es würden ihre Augen bleiben, und was Amalia M sehen oder nicht sehen wollte, bestimmte nur sie allein, es sei denn, ich hätte sie gezwungen, in eine bestimmte Richtung zu schauen.

Ein solcher Zwang hätte jedoch letztlich nichts anderes bewirkt, als ihr Blickfeld einzuengen. Aber ob sie schauen wollte, selbst dann, wenn sie sah, oblag allein ihrer Entscheidung.

# V

# SCHWEBEN IN DAS UNS

Ein Mann mit einer Aktentasche kam auf uns zu und sah uns beide mit arbeitsmüden Augen an. Obwohl weder Frau Amalia M noch ich ihn gegrüßt hatten, ging er, uns dennoch grüßend, an uns vorbei in Richtung der Haustür. Mit dem Schlüsselbund raschelnd öffnete er die Haustür und verschwand im Treppenhaus, nicht ohne nochmals einen kurzen, prüfenden Blick auf uns geworfen zu haben. Dann wurde es wieder still in unserer unmittelbaren Nähe, so still wie es um diese fortgeschrittene Uhrzeit in einer Seitenstraße sein kann.

Während ich dies schreibe, fällt mir auf, dass ich in meiner Niederschrift erstmals den Begriff 'uns' verwende. Gewiss ist es naheliegend, dieses, den Plural andeutende Pronomen aus der Sicht eines zufällig vorbeigehenden Passanten, nämlich des Herrn mit der Aktentasche, in Anwendung zu bringen.

Aus meiner Sichtweise würde ich auch weiterhin die Trennung beibehalten haben, indem ich von Amalia M und mir oder ihrer und meiner Person spreche. In diesem Zusammenhang fällt mir auf, dass der Sprung von der getrennten Bezugnahme auf Amalia M und meine Person in das ineinander mündende, zwei lebende Menschen symbolisch in drei Buchstaben komprimierende 'Uns' tatsächlich einen neuen Entwicklungsschritt darstellte, den ich selbst – und dies möchte ich hervorheben – in der vorangehend beschriebenen Situation nicht bewusst vollzogen hätte.

Ich fühlte mich noch zu sehr im 'Ich' befangen, als dass ich die Fühler der Empfindungen zu einem 'Uns' hätte ausstrecken können. Dies mithilfe willentlicher Steuerung zu vollziehen, wäre wenig sinnvoll gewesen, da hierdurch keine gewachsene, sondern nur eine künstlich konstruierte Wirklichkeit entstanden wäre. Was ich angesichts der Verwandlung des 'Ich' in ein 'Uns' zu Papier bringe, war dem stillen Echo eines Prozesses vergleichbar, das sich erst nach dem beschriebenen Ereignis im Zuge der Niederschrift dieses Berichts einfand.

Woran dieser denkwürdige Sprung im Sinn der Wandlung eines 'Ich' in das 'Wir', die auch auf einem Gleiten vom Singular in den Plural beruht und Veränderungen der Endungen von Verben nach sich zieht, im Einzelnen festzumachen ist, hätte ich aus meiner Sicht der Situation nicht zu sagen vermocht. Es war jedoch gewiss mehr im Spiel als das Warten vor der Haustür. Denn dann hätte sich Gleiches auch in ähnlichen Situationen eingestellt, wenn ich mit mir fremden Menschen längere Zeit gemeinsam vor einer Haustür oder vor einem Aufzug oder in einer Menschenschlange an einer Haltestelle gestanden hatte.

Auffallend war zudem, dass sich der Sprung in das 'Uns' nicht schon während des Nebeneinanderhergehens durch die Stadt vollzogen hatte oder gar, als sich vor dem Bahnhof die beiden parallelen Lebenslinien schnitten. Es schien, als sei während des Stehens vor der Haustür eine Entwicklung angefacht worden, die wie eine aufkommende Brise den Aufbruch des 'Ich' und des 'Du' in die Richtung des 'Wir' zu begünstigen schien.

Vielleicht hätte ich die Sichtweise des 'Wir' dem nicht weiter erkenntlichen Mann zuschreiben können, der zufällig an Amalia M und mir vorbeigegangen, auf die Haustüre zugesteuert und im dunklen Treppenhaus verschwunden war. Andererseits konnte ich nicht mit der Gewissheit eines Beweises davon ausgehen, dass der vorübergehende Passant die auf seinem Blickfeld erscheinenden zwei Menschen tatsächlich als ein Paar betrachtet hatte.

Vielleicht war er wie selbstverständlich von einem Paar ausgegangen, das sich zufälligerweise schweigend gegenüberstand. Seine Lebenserfahrung hätte ihn zu dem Schluss kommen lassen können, dass es ein nicht allzu seltener charakteristischer Aspekt eines Paars sei, sich schweigend gegenüberzustehen.

So sehr ich mir aus der vorteilhaften Perspektive des Rückblicks Gedanken über denkbare Möglichkeiten durch den Kopf gehen ließ, die der mir unbekannte Mann bezüglich der ihn konfrontierenden Situation für einen kurzen Moment erwogen, oder auch nicht, haben mochte, so stand zweifellos fest, dass ich ihm meine Sichtweise in den Mund gelegt hatte.

Jedenfalls musste auch in mir ein Wandel stattgefunden haben, wie ich Amalia M in Bezug zu mir, und umgekehrt, wahrnahm. Denn ein Sprung vom 'Ich' und 'Du' in das 'Uns' konnte nicht von ungefähr gekommen sein und nicht folgenlos bleiben.

Aber wie war dieser Sprung geschehen? Ich wusste es genauso wenig wie am Bahnhof, als sich Frau Amalia M's und meine Linie geschnitten hatten und mir jegliche Vorstellung fehlte, was sich aus der Überschneidung der Linien ergeben würde. Zudem hatten wir auf der Wegstrecke, die wir noch im Tageslicht gemeinsam zurückgelegt hatten, nur wenige Worte gewechselt.

Was an karger Zahl von Worten zwischen Amalia M und mir hin- und hergeflossen, -gependelt oder durch die Luft -gesegelt war, welche Metapher man auch immer hinzuziehen wollte, war zu bescheiden, als dass es mit dem Begriff der Konversation zu umschreiben gewesen wäre. Es war auch zu karg, um den Begriff des Small Talk zu rechtfertigen.

Andererseits wäre es auch nicht korrekt gewesen, von einem völligen Nebeneinanderherschweigen zu sprechen. Tatsächlich wechselten einige Worte die Besitzerin bzw. den Besitzer, indem sie den zwischen Amalia M und mir bestehenden Zwischenraum durchquerten.

Während ich dies sage, wird mir bewusst, dass es nicht möglich ist, einmal gesprochene Worte wieder zurückzuverlangen. Waren die Worte ausgesprochen, so war es nicht möglich, sie, anders als gut erzogene, gehorsame Haustiere, wieder zurückzupfeifen. Dies hatte ich schon im Hinblick auf die Frage bezüglich der Einladung, die ich an Amalia M gerichtet hatte, erlebt. Denn, einmal ausgesprochen, war diese meine Frage um keinen Preis mehr rückrufbar.

Während des Gehens durch die Stadt, während dessen das Auge Gebäude, Sehenswürdigkeiten, Menschen, Automobile verschiedener Fabrikate, Vierbeiner und hier und dort durch Holzpfähle gestützte Bäume anpeilte und in sich aufnahm, hatte ich mich vorwärtsbewegt, ohne dass in mir ein Bedürfnis nach dem Stellen von Fragen aufgekommen war.

Auch Amalia M schien in einer ähnlichen Verfassung oder zumindest momentanen Gemütslage befangen zu sein, da auch sie keine Fragen an mich stellte. Zweifellos ist es denkbar, dass ihr Fragen durch den Sinn gingen, wie auch mir Fragen, wenn nicht durch den Sinn gingen, so zumindest unterhalb der Kiellinie des Bewusstseins gezogen sein mochten.

Aber wenn dies der Fall war, so blieben sie so zart fließend, dass es mir nicht möglich war, sie als Fragen einzufangen.

Dies mag überraschend klingen. War ich nicht neugierig genug? War es nicht ungewöhnlich, mich neben einer mir fremden Begleiterin durch die Stadt zu bewegen, ohne Fragen aufzuwerfen oder zumindest Fragen als Luftballons in die Luft steigen zu lassen, um den verbalen Austausch anzuregen? Solche Fragen sind völlig berechtigt. Ich selbst hätte sie vermutlich auch gestellt, wäre ich ein unbefangener Beobachter des Geschehens gewesen.

Ich kann nur versuchen festzuhalten, wie sich die Situation für mich darstellte. Obgleich ich grundsätzlich ein lebhafter Anhänger der Bedeutung von Fragen bin und Fragen auch zu leben bemüht bin, befand ich mich in einer seelischen Verfassung, im Rahmen derer Fragen nicht im bewussten Blickfeld auftauchten.

Beunruhigte es mich, dass ich nicht fragte? Nein, ich empfand keine Beunruhigung, ohne sagen zu können, warum dies so war. Vielleicht letztlich aus dem Grunde, weil ich mir seltsamerweise gar nicht bewusst war, dass ich mir keine Fragen gestellt hatte.

Ich war mir auch, während Amalia M und ich an einem der alten, sehenswürdigen Kunstdenkmäler der Stadt vorbeigingen, nicht bewusst, dass ich keine Fragen nach der Jahreszahl der Erbauung dieses eindrucksvollen Bauwerks gestellt hatte. Selbst auf die Idee, vielleicht über eine Frage nach dem Stil dieses Bauwerks Amalia M zu einer Antwort anzuregen, kam ich nicht.

Ohne in der Lage gewesen zu sein, meine Gefühle, und in der Tat meinen seelischen Zustand ingesamt, präzise wiederzugeben, traf es die Natur meiner Verfassung wohl am exaktesten – auch auf die Gefahr hin, dass dies reichlich abstrakt klingen mag –, wenn ich sage, dass ich mich in einem fraglosen Zustand befand.

Dies wiederum bringt mich in Verlegenheit, ja geradezu in eine Zwickmühle der Widersprüchlichkeit. Schon allein die Frage, was ein fragloser Zustand sei, rührt am Grundprinzip des fraglosen Zustands, eben eines Zustands, in dem keine Fragen auftauchen. Dies verdeutlicht auch die Unmöglichkeit, Fragen über diesen fraglosen Zustand sich formen und heranwachsen zu lassen. Denn irgendwann würden sich von außen erdachte Fragen gewissermaßen in das Territorium des fraglosen Zustands einschleichen und sein Selbstverständnis untergraben. Daher darf ich um Verständnis bitten, wenn ich zur Wahrung seiner Integrität den fraglosen Zustand vor weiteren Fragen schonen möchte.

Befand sich aber auch Amalia M in einem fraglosen Zustand? Hierüber eine Feststellung zu treffen, sehe ich mich nicht in der Lage. Denn ich fragte sie nicht. Selbst wenn ich sie gefragt hätte, hätte sie mir wohl aus den dargelegten Gründen keine Antwort anbieten können. Vielleicht war es, so beurteile ich es rückblickend, ein angemessenes Verhalten meinerseits, ihr keine diesbezüglichen Fragen zu stellen, obwohl dies eine Vermutung bleiben muss.

# VI

# DER LANGE ATEM DES WARTENS

Frau Amalia M und ich standen weiterhin ruhig und in unverändertem Abstand voneinander vor der Haustür. Der Abstand ließ sich als gebührend bezeichnen, da er die Waage zwischen Nähe und Distanz hielt und achtete, so wie es dem Bekanntheitsgrad angemessen schien und ihn widerspiegelte. Zumindest ich sah es so, wobei ich vermute, dass sich dies auch für Amalia M so darstellte. Andernfalls wäre sie wohl einen Schritt weiter nach vorn oder zurückgetreten. Wobei ich meine Reaktion hierauf nicht im Einzelnen hätte voraussagen können.

Vielleicht hätte mir Amalia M zu nahetreten können. Falls sich nach einer Veränderung der Position von ihr auch meine Position verändert hätte, wie hätte sie wiederum hierauf reagiert? Wäre sie wieder zurückgewichen oder noch näher an mich herangetreten?

Wieder lassen sich nur Mutmaßungen anstellen, die jedoch in Steigpfade zunehmender Komplexität führen und vielleicht sogar der Unterstützung durch Computermodelle bedürften. Aber letztlich handelte es sich um Gedankenspiele, denn die räumliche Entfernung zwischen Amalia M und mir – gewissermaßen die interpersonale Luftlinie – war, seitdem ich meine Frage bezüglich der Einladung an sie ausgesprochen hatte, unverändert konstant geblieben.

Hin und wieder fuhren hinter meinem Rücken Autos vorbei, deren Positionsverschiebungen ich nur auf akustischer Basis zu rekonstruieren vermochte. Diesbezüglich befand sich Amalia M in einer vorteilhafteren Lage, da sie die Automobile sehen konnte, sofern sie sich in einer Verfassung befand, in der sie für die Wahrnehmung von diesen ein Interesse aufzubringen vermochte. Ich halte es jedoch für eher unwahrscheinlich, dass sie sich überhaupt für vierrädrig Fahrbares erwärmte. Mein bisheriger Eindruck, und ich spreche wie gesagt nur von Eindruck, war der gewesen, dass sie dergleichen mobilen Objekten wenig mehr als Gleichgültigkeit entgegenbrachte.

Aber ich konnte beobachten, dass vorbeifahrende Fahrzeuge Lichtkegel auf Amalia M's Antlitz warfen. Hatten sich die Scheinwerfer entfernt, verschatteten sich ihre Gesichtszüge wieder – wie Landschaften, die vom Sonnenlicht überflutet werden, bis es ihnen wieder entzogen wird.

Frau Amalia M's Gesichtszüge oszillierten in einem Wellenbad von Schattierungen, was ihnen eine gewisse Lebhaftigkeit vermittelte, obgleich sich ihr Gesichtsausdruck sonst kaum wandelte. Noch immer schien sie in einem Nachdenken versunken, obwohl es, wie es mir aus eigener Erfahrung vertraut war, nicht auszuschließen war, dass sie weniger bewusst dachte als sich einem Sich-Denken-Lassen zu überlassen.

Wie sollte es Amalia M auch gegeben sein, bewusst denken zu können, wenn ihr möglicherweise kein Denkmodell über Fragen der Art zur Verfügung standen, wie ich sie ihr gestellt hatte? Vielleicht war Amalia M noch nie von einem Mann nach solch kurzer Zeitspanne und nach einem solch wortkargen Spaziergang gefragt worden, ob sie mit ihm auch in der abendlichen Dunkelheit spazierengehen wolle? Weiterführende Anmerkungen hierzu sind mir jedoch nicht möglich, da es sich nur um eine Vermutung meinerseits handelte.

Gerade war hinter meinem Rücken wieder etwas vorbei-
gefahren. Dem schweren Geräusch und der langsamen Fahr-
geschwindigkeit nach zu urteilen, handelte es sich um einen
Lastwagen. Es hätte auch ein Omnibus sein können, aber
das erzeugte Geräuschvolumen war vergleichsweise rauher
und durchdringender.

Über mir, und zwar sehr hoch über mir, vernahm ich das
ferne Summen eines Flugzeugs. Ich überlegte, ob ich auf-
blicken sollte, um es am Himmel ausfindig zu machen. Da
ich jedoch davon ausging, dass es sich wahrscheinlich als
schwierig gestalten würde, das Flugzeug in dem kleinen Him-
melssegment, das mir für meine Beobachtung zur Verfügung
stand, zu lokalisieren, ließ ich diesen Gedanken fallen.

Vielleicht würde es auch einen desinteressierten und
somit eher ungünstigen Eindruck bei Amalia M hinterlassen, würde ich Anstalten machen, den Himmel nach einem

Flugzeug abzusuchen. „Was beabsichtigen Sie?", würde Amalia M dann vielleicht gefragt haben. Oder, „sind Sie ein Flugzeugliebhaber?", obgleich ich keinesfalls zu solchen zähle. Gewiss stellen die metallenen Silbervögel von Flugzeugen eindrucksvolle Erscheinungsformen dar, wobei es mich immer wieder erstaunt, wie es ihnen gelingt, sich trotz ihrer kolossalen Größe in die unsichtbare Luft schwingen zu können. Dies zu begreifen, umso mehr als mir fundamentale Gesetze der Physik nur noch schemenhaft zur Verfügung stehen, ist eine Herausforderung, deren Schwingungen an das Gefühl des Nichtbegreifenkönnens rühren.

Auch der Umstand, dass Flugzeuge mit abnehmender Entfernung kleiner statt größer wurden, verwirrte in der gegebenen Situation den Stechschritt meines sich selbstsicher wähnenden, vorwärts marschierenden Verstandes. Denn warum mussten alle Erscheinungen dieser Erde an Größe verlieren, je weiter sie sich entfernten? Würde Amalia M, wenn sie sich entschließen würde, meiner Einladung Folge zu leisten, während des Zugehens auf die Haustür, um noch schnell das eine oder andere Utensil aus ihrer Wohnung zu holen, tatsächlich kleiner werden?

Würde sie zudem, wenn ich sie später niemals wieder sähe, Jahr um Jahr kleiner werden oder würde es meinem Erinnerungsvermögen gelingen, sie in ihrer jetzigen Körpergröße in die Erinnerungen einzugravieren? Ich vermutete, Letzteres würde der Fall sein. Aber vielleicht würde sie einfach verblassen, so wie mancherlei Geschehnisse in meiner Erinnerung verblasst oder sogar ausradiert worden waren.

Inzwischen schien das Flugzeug näher zu kommen und ich vermeinte, obgleich ich diese Vermutung nicht durch einen Blick auf den Nachthimmel überprüfen konnte, es zöge nun direkt über Amalia M und mir selbst dahin. Tagsüber hätte ich gewiss, sofern über der Stadt ein wolkenloser Himmel

geherrscht hätte, Kondensstreifen ausfindig machen können. Aber jetzt in der Nacht hätte ich nur die blinkenden
Seitenbeleuchtungen des Flugzeugs und dessen Umrisse
erkennen können.

Gewiss schwebte das Flugzeug sicher in der Luft. Es wird
auch immer wieder darauf hingewiesen, wie sicher das Fliegen im Vergleich zu den Verhältnissen im Straßenverkehr
sei. Sicher sei auch, dass, wenn ein Flugzeug abstürzt, es der
Schwerkraft folgend in Richtung Erde stürzt und nicht in das
Weltall abgesaugt würde, um dort in unendliche Partikel zu
fragmentieren.

Dennoch durchzuckte mich für einen Moment das Bedürfnis, einige Schritte beiseite treten zu wollen, um mich außerhalb der imaginären Absturzlinie des Flugzeugs zu begeben.
Dies blieb jedoch nur eine kleine, sich schnell verflüchti-

gende Regung im Spielkasten der Gedanken, ohne dass sich hieraus ein Handlungsimpuls herauskristallisiert hätte.

So blieb ich stehen, wobei jeder Moment des Ausharrens in meiner Position mein Gefühl der Sicherheit mehr beruhigte. Selbst wenn das Flugzeug abstürzte, würde es nunmehr am Ende der Straße oder mit zunehmender Entfernung im Westen der Stadt aus dem Himmel fallen.

Ob Amalia M meine kurzlebige, gedankliche Beschäftigung mit dem über ihr und mir dahingleitenden Flugzeug wahrgenommen hatte? Ich weiß es nicht, obwohl es letztlich wohl eher unwahrscheinlich war. Denn sie hatte ihre Position nicht verändert, sondern verharrte unverändert in ihr. Und welcher Anlass hätte für sie bestanden, über Flugzeuge, die hoch über den Köpfen ihren Weg durch die Wolkentürme schnitten, nachzudenken?

Es war in der gegenwärtigen Situation unerheblich, ob Ikarus, Otto Lilienthal oder zahllose andere Menschen abgestürzt waren. Ein Flugzeug war über ihr und über mir geschwebt und gewiss hatte es für einen Moment wie ein Damoklesschwert über unseren Köpfen in der Luft gehangen.

Das Flugzeug war jedoch weitergeflogen, ohne ein Wissen darüber, dass unter seinem eingeklappten Fahrwerk in tausend Meter oder einer noch größeren Tiefe und weit unterhalb des Flugkörpers unweit der besagten Straßenecke sich zwei Menschen schweigend und wartend gegenüberstanden.

Sollte ich Amalia M nicht doch und am Sinnvollsten eher beiläufig auf das Flugzeug ansprechen? Vielleicht mit der Bemerkung, „Frau M, haben Sie nicht auch gehört, dass über uns ein Flugzeug flog?" Aber was hätte Amalia M darauf geantwortet? Entweder ja oder nein.

Vielleicht hätte sie mich dann gefragt, was ich ihr mit dieser Frage sagen wollte, was mich wiederum in Verlegenheit hätte bringen können. Denn was hätte ich mit meiner Frage hinsichtlich einer solchen Belanglosigkeit sagen wollen? Vielleicht hätte dies bei Amalia M sogar einen Zustand der Beunruhigung ausgelöst?

Einmal hatte mir ein Mann berichtet, dass er durch das Hören eines bestimmten Flugzeugpropellergeräuschs in stundenlange Angstzustände versetzt worden war, weil das Propellergeräusch die Erinnerung an Bombenflugzeuge während des Weltkriegs in ihm wachgerufen hatte.

Hatte Amalia M vielleicht Angst vor Flugzeugen? War ihr einmal beim Fliegen schlecht geworden? Oder gab es noch schlimmere Bezüge zu Flugzeugen, die sie mir, einem Fremden gegenüber, wohl kaum erwähnt hätte? Oder stand vielleicht oben im Haus auf dem Schreibtisch ihrer Wohnung das schwarzumrandete Foto eines in jungen Jahren gefalle-nen Familienmitglieds in Fliegeruniform?

Dies bewog mich, den Gedanken, Amalia M näher zu befragen, fallen zu lassen. Wäre es mir ein dringendes Bedürfnis gewesen, ihr eine belanglose Frage stellen zu wol-len, so wäre es wohl sinnvoller gewesen, sie zu fragen, ob sie bemerkt habe, dass gerade ein Platanenblatt sanft und mit leicht schleifendem Geräusch auf dem Asphalt der Straße gelandet war.

Dass ein so harmloser Hinweis belastende Momente bei Amalia M auslösen würde, konnte ich mir nicht vorstel-len. Dennoch war es wohl klüger, auch hier keine Initiative zu ergreifen. Denn es wäre nicht auszuschließen gewesen, dass selbst das Stellen einer solch belanglosen Frage, wie derjenigen nach dem Platanenblatt, insbesondere in einem Zustand, in dem Amalia M mit der Abwägung der schwerwiegenderen Frage bezüglich meiner Einladung beschäftigt war, für sie eine Irritation hätte darstellen können.

Wie wohl wusste ich aus eigener Erfahrung, dass mich im Verlauf bestimmter, durch die Suche nach Antworten in Anspruch genommener Gemütsverfassungen banale, wenn auch noch so wohlgemeinte Anfragen belasten konnten, weil sie in einem ungünstigen Moment den Kreis meiner Gedanken störten. Selbst banale oder vermeintlich banale Angelegenheiten können sich unter solchen Umständen als ein Problem entpuppen, das den Rahmen der Banalität sprengt.

Ich muss zugeben, dass ich derartige denkbare Komplikationen damals nicht bedacht hatte. Aber glücklicherweise leitete mich mein Verhalten mit so viel Geschick, dass ich weder Amalia M noch mich dem Risiko von Auswirkungen der Banalität aussetzte.

So blieb es dabei, dass ich weiterhin wartete. Genau gesagt ist es zweifellos zutreffend, wenn ich festhalte, dass ich nun schon ein Weile wartete. Hiermit ist jedoch nicht gesagt, dass das Warten als ein Zustand zu verstehen sei, in dem sich keinerlei Geschehen abspielte, auch wenn es den Anschein haben mochte, als geschähe in der Tat nichts.

Auch in unermesslichen Wüsten, die auf das Gemüt wie die Inkarnation der Leere wirken, vollziehen sich erstaunliche Dinge. Die stetige und gleichermaßen faszinierende Bewegung von Sanddünen, die in der Hand des Winds ständig zu Änderungen von Formen und Konturen führt, wie auch der Nachweis von Lebewesen widerlegen den oberflächlichen Eindruck von der Herrschaft der Leere und der Vorstellung von der Wüste als eines toten Reichs.

So war auch das Warten keine Begegnung mit dem Raum der Leere. Amalia M hatte mich einmal angesehen. Hin und wieder hatten Scheinwerfer vorüberfahrender Autos spielerische Lichtflecken auf ihr Gesicht geworfen. Eine Geräuschkulisse war im Hintergrund zu vernehmen. Wenn auch im Stillen und mir damals nicht bewusst hatte sich eine Metamorphose zum 'Uns' vollzogen. Schon der Schnitt der parallelen Linien am Bahnhof hatte das Tor für Neues, den gemeinsamen Gang, geöffnet. Dann war ein weiteres neues Kapitel aufgeschlagen worden, nachdem ich Amalia M die Frage nach der Einladung gestellt hatte, die am Anfang dieses Berichts steht.

Im Unterschied zum gemeinsamen Gang der Wegstrecke, während dessen wir mit Ausnahme des Stehens vor einer kleinen Eisbude ohne Unterbrechung gegangen waren, standen wir inzwischen schon einige Zeit auf dem gleichen Fleck vor der Haustür, während Amalia M dachte – zumindest schien es so – und ich wartete. Ich wartete, ohne mit Bestimmtheit zu wissen, was Warten beinhaltete. War Warten ein Tun oder ein Nichtstun? War es eine Art von Tun oder eine Art des Nichtstuns? Mehr als diese Fragen vermag ich über diesen Zustand des Wartens jedoch nicht zu sagen.

Wie Amalia M auf meine Frage reagieren würde, entzog sich weiterhin meinem Wissen. Zudem standen mir auch keine Möglichkeiten zur Verfügung, Amalia M's Entscheidungsprozess zu beeinflussen. Oder ich war schlichtweg unfähig, denkbare Möglichkeiten zu sehen. Mutmaßungen hätte ich anstellen können, aber dies bedeutete nicht zu wissen, wie sich Amalia M letztlich entscheiden würde.

Vielleicht würde sie sich mit keinem Wort äußern, sondern sich einfach umdrehen, mir den Rücken zukehren, auf die Haustür zugehen und, ohne es für notwendig zu erachten, sich in irgendeiner Form zu verabschieden oder sich dort zumindest noch einmal nach mir umzudrehen, im Dunkel des Treppenhauses verschwinden.

Mein Nichtwissen bezog sich nicht allein darauf, dass ich nicht wusste, wie Amalia M auf meine Einladung antworten würde. Ich war mir auch nicht darüber im Klaren, wie ich reagieren würde, würde mich Amalia M tatsächlich ihre Entscheidung wissen lassen.

Zwar hätte ich mir Vermutungen durch den Kopf gehen lassen können, die jedoch keine definitive Lösung darstellen würden. Denn wie würde ich beispielsweise reagieren, würde sich Amalia M tatsächlich wort- und blicklos umdrehen, um den Schlüssel aus ihrer Handtasche zu kramen, hastig die Haustür aufzusperren und im Treppenhaus unterzutauchen, ohne sich in der Tür noch einmal nach mir umzudrehen? Würde ein solches Gedankenspiel mit dem dann tatsächlich eintretenden Geschehen übereinstimmen?

Würde ich den Impuls verspüren, Amalia M noch bis zur Tür nachzugehen? Sie bitten, zumindest noch ein „Auf

Wiedersehen" vor ihrem Verschwinden über ihre Lippen zu bringen? Würde ich mir, sollte ich ein solches Verhalten zum Ausdruck bringen, angesichts der Tatsache, dass Amalia M und ich uns de facto kaum kannten, lächerlich oder geradezu kindisch vorkommen? Welchen Unterschied, so ließe sich mit Berechtigung einwenden, würde es machen, ob Amalia M noch die Worte „Gute Nacht" oder „Auf Wiedersehen" aussprächе oder nicht, bevor sich dann unwiderruflich die Haustür zwischen ihr und mir schließen würde?

Was würde sich in mir abspielen, wenn mich nicht die Hoffnung auf ein Wiedersehen erfüllen, sondern ich der Gewissheit ins Auge blicken würde, einen Menschen, dessen Konturen sich im dunklen Hausflur auflösen, zum letzten Mal in meinem Leben zu sehen?

Je mehr ich diesen Dingen gedanklich nachspüre, desto begreifbarer wird mir, wie sehr das Warten ein dem Unwägbaren, Unvorhersehbaren Ins-Auge-Sehen verkörpert.

Bewusst war ich mir damals dessen, während ich gespannt auf Amalia M's Antwort wartete, jedoch nicht.

# VII

## INTERMEZZO: DER STROM DER WORTE

Ich bitte die verehrten Leserinnen und Leser um Nachsicht, wenn ich, bevor ich über das weitere Geschehen berichte, das sich zwischen Amalia M und mir abspielte, kurz den Faden der Handlung aus der Hand lege und innehalte, um die Gelegenheit wahrzunehmen, näher auf die Entstehungsweise des bisherigen Berichts einzugehen.

Zwei Tage nach dem bisher geschilderten Geschehen hatte ich mit der Niederschrift meines Berichts begonnen. Am Nachmittag des gleichen Tages, als ich gegen fünf Uhr an einem runden Glastisch saß, um entgegen meiner Gepflogenheit eine Tasse Kaffee einzunehmen, hatte ich einige Zeit aus dem Fenster gesehen, um am Himmel graue Wolken zu beobachten, die sich unaufhaltsam vorwärts bewegten. Ohne mich zu bemühen, an etwas Bestimmtes zu denken, hatte ich mich damit begnügt zu schauen. So sehr war ich in ein Schauen vertieft, dass es mir nicht möglich gewesen wäre oder mir vielleicht nicht von Belang erschien, gleichzeitig auch die Schwingungen meiner Gefühle zu verfolgen, die, ähnlich den am unendlichen Himmel dahinziehenden, unfassbaren Wolken, durch mich zogen.

Es war still im Raum. Auf dem Glastisch stand nur die Kaffeetasse und neben ihr lag eine Scheibe Brot. Eine Glasvase fehlte dieses Mal, da ich keine Gelegenheit gehabt hatte, einen Blumenstrauß zu kaufen. Die letzten Tage waren reich mit Ereignissen angefüllt gewesen, die sinnvoll einzuordnen mir noch nicht möglich gewesen war. Jedoch hatte mich die

Erfahrung gelehrt, mir hierüber nicht allzusehr den Kopf zu zerbrechen.

Aber dann war der Gedanke aufgetaucht, die Begegnung mit Amalia M mithilfe von Worten festzuhalten; zunächst nur in der Form des Erwägens einer Möglichkeit, die jedoch bald in die Gewissheit hinweinwuchs, dies im Sinn des Erstellens eines Berichts zu tun.

Der Gedanke war mit souveräner Selbstverständlichkeit gekommen, ohne dass sich ein Zweifel oder gar Widerspruch geregt hätte. Der Gedanke enthielt die Botschaft, dass ein solcher Bericht eine sinnvolle Aufgabe sei, wobei in dieser Botschaft eine leise Ahnung mitschwang, als sei der Bericht in tieferen, jedoch dem bewussten Zugriff noch nicht zugänglichen Schichten meines Selbst schon angefertigt.

In der Tat setzten sich schon bald lebhafte Überlegungen in Bewegung, wie und wann ich einen solchen Bericht erstellen könnte, ohne dass der Begriff des Berichts mir präzise Anhaltspunkte zum Inhalt dessen, worüber ich schreiben würde, vermittelte, als habe die Ahnung eine leere Schale, deren Inneres sich irgendwann füllen würde, in das staunende Bewusstsein geschwemmt, wobei anzumerken ist, dass die besagte Ahnung zunehmend zu einer Gewissheit wurde, dass sich die Schale füllen würde, vergleichbar einer Muschel, die in dem Vertrauen existiert, dass in ihrem Inneren eine Perle heranwachsen wird. So bestand für mich auch kein Grund zur Beunruhigung, dass sich zunächst keine Fragen hinsichtlich des Inhalts des zukünftigen Berichts einfanden. Zudem fühlte ich mich nicht gedrängt, mir über die Gestaltung des Berichts den Kopf zu zerbrechen.

Es war, als wüsste ich oder als wüssten zumindest in tieferen Schichten in mir angesiedelte Kräfte, dass sich die

Inhalte aus eigenem Tun entfalten würden, so seltsam, ja geradezu fremdartig sich dies für mich, der ich einen solchen Bericht noch nicht erstellt hatte, auch anmutete.

Da ich ein Bedürfnis nach Gesellschaft verspürte, entschied ich mich, Bekannte aufzusuchen, wobei ich mich vorsorglich mit ausreichend Schreibpapier versah. Kurze Zeit nach meinem Eintreffen bei den Bekannten überkam mich die plötzliche Empfindung, als zögen innere Kräfte meine Aufmerksamkeit an sich, um sie zu bündeln.

Meine Bekannten gingen äußerst verständnisvoll mit mir um und erlaubten mir, an einem Tisch Platz zu nehmen, wo binnen Kurzem die mich umgebende Welt ihre Bedeutung zu verlieren und sich kugelförmig zusammenzuziehen schien.

Die Wolken, die am orangefarben leuchtenden Abendhimmel vorbeigezogen waren, schienen auf mich zuzukommen, in mir zu versinken, sich in einen Strom zu verwandeln, der nun durch mich floss und die Ufer des Bewusstseins mit einem fernen Rauschen erfüllte. Eine geradezu magische Form der Intensität bemächtigte sich meiner, durch deren Wirken die Dinge sich in eine große Einfachheit wandelten. So einfach, dass auch die Zeiger des Denkens auf dem Zifferblatt innehielten und still stehend zur Ruhe kamen, während die von einem Rauschen begleiteten Wellen eines inneren Stroms Worte und ganze Sätze an das Ufer des Bewusstseins schwemmten.

Mein Körper saß am Tisch. Die rechte Hand hatte schon begonnen, über weiße Papierbögen zu gleiten wie Ruderblätter über einen Strom gleiten und in das Wasser greifen, um die Spitze des Bootes voranzutreiben. Ich schrieb und schrieb, ohne Worte wahrzunehmen. Ich saß an einem Tisch, der als Esstisch gedacht war, aber der sich in einen Schreibtisch verwandelt hatte und es war, als zögen mich die Arme

eines großen Stroms weit in die Ferne hinaus.

Ufer, wie ich sie aus Reisen kannte, glitten vorüber und

Landschaften, in denen sich die Konturen der Ufer, der

Zeiten, der Himmelsrichtungen, des Gesehenen und des

Gedachten im weiten Flug der Fantasie vermischten. Ich

spürte es, ja, ich wusste nun, ich würde einen Bericht schrei-

ben. Der Bericht würde wie ein sich selbst schreibender

Strom von Worten auf das Papier fließen, obwohl ich im

Grunde nicht wusste, warum es der Bericht über die Begeg-

nung mit Frau Amalia M war, dem der Strom der Worte galt.

Ich schwamm in der spielerischen Freiheit von Wellen, die

Worte an die Ufer des Bewusstseins spülten.

So schrieb ich bis Mitternacht, wobei ich, um der Natur

des Geschehens Rechnung zu tragen, sagen muss, dass es

mich schrieb. Dann entschwanden die Konturen des Stroms

der Worte. Die Worte zogen sich zurück. Eine Leere kehrte ein. Der Himmel war schon dunkel geworden. Manchmal sah ich blinkende Flugzeuglichter.

Frühere Reisen in der Außenwelt waren ein fester, beweisbarer Bestandteil der Wirklichkeit gewesen. Der innere Strom von Worten, der sich an diesem Abend in mein Bewusstsein gewälzt und für einige Stunden die Beschäftigung mit anderen Dingen wie dem Abendessen beiseite gedrängt hatte, fühlte sich wie ein zwischen Wirklichkeit und Unwirklichkeit mäandernder Grenzstrom an. Nur die vielen, handgeschriebenen Seiten zeugten wie ein leeres Flussbett davon, dass auch dieser Strom wirklich gewesen und durch mich hindurch gezogen war.

Nach der Rückkehr nach Hause am späten Abend einzuschlafen fiel mir nicht leicht, ohne dass es einen gravierenden äußeren Grund gegeben hätte. Es gab keine mich drängenden oder beunruhigenden Gedanken, die mich daran hätten hindern wollen, den Weg in den Schlaf zu finden. Vielleicht war es die Erinnerung an den kleinen Jungen, der ich einmal gewesen war und der vor Erregung nicht mehr hatte einschlafen können, nachdem er mitten in der Nacht geweckt worden war, als in der Ferne in einem Sommer auf einem tiefdunklen See lautlos und langsam ein von Lichterketten erleuchtetes Schiff vorübergefahren war.

Am nächsten Morgen hatte ich nicht das Gefühl, wirklich geschlafen zu haben. Aber dann setzte ich mich wieder vor den weißen Papierstoß und schrieb an der Stelle, an der ich am gestrigen Abend das Schreiben abgebrochen hatte, weiter. Zur Frühstückszeit spürte ich, dass es nun an der Zeit war, das Schreiben aufzugeben. Der seit dem Morgen aufs Neue fließende Strom war wieder versickert. Ich wusste, dass ich den Strom nicht würde erzwingen können. Im Gewand eines gewöhnlichen Alltags trat die mich umgebende Welt wieder an mich heran.

Der restliche Tag und die Hälfte des folgenden Tages vergingen, ohne dass ich dem Bericht besondere innere Aufmerksamkeit geschenkt hätte. Es schien mir, als bräuchte ich eine Distanz zu ihm, vielleicht um innezuhalten, vielleicht um neue Kräfte zu schöpfen und vielleicht, um von der Macht und dem Rauschen des Stroms nicht noch viel weiter als am Abend vor zwei Tagen fortgerissen zu werden. Ströme können gefährlich sein. Eine Postkarte der Niagarafälle, die ich einige Wochen zuvor lang und scheinbar gedankenlos in der Hand gehalten hatte, führte es mir vor Augen. So war das Innehalten zum Kräfteschöpfen hilfreich und wohltuend.

Erst am Mittag wandten sich die Gedanken wieder langsam dem Bericht zu, zunächst nochmals das bislang Geschriebene streifend und ohne den Drang vorwärtszupreschen. Als ich am gleichen Tag später in einem Hallenbad schwamm, stießen meine Gedanken wie eine Vogelschar auf den Punkt des Berichts, an dem ich zwei Tage zuvor den Stift aus der Hand gelegt hatte.

Noch im Wasser schwimmend, sah ich mich wieder an dem besagtem Abend vor Amalia M stehen. Alles zeigte sich wieder in bildhafter Klarheit vor mir, als stünde ich wirklich vor ihr. Uns umgab die Dunkelheit und hoch über uns zog das Flugzeug am Nachthimmel vorüber. Zugleich erfüllte mich das Gefühl, ja die Gewissheit, den Faden der Fortführung des Schreibens des Berichts wieder in die Hand nehmen zu können.

# VIII

## DIE UNSICHTBARE AURA
## DER BEGEGNUNG

Frau Amalia M und ich, Nikolaus B, standen uns in unveränderter Position vor dem Haus gegenüber. Ein Fenster im zweiten Stock des Hauses öffnete sich knarrend. Eine Frau lehnte sich aus dem Fenster. Sie schaute auf die Straße und bemerkte uns – ja, ich spreche, so fällt mir auf, wieder von 'uns'. Das Gesicht der Frau verschwamm in der Dunkelheit. Sie wollte vermutlich noch einmal am Abend aus dem Fenster schauen. Vielleicht wollte sie an nichts denken, vielleicht an ferne Landstriche, vielleicht daran, wie die Straße vor zehn Jahren oder während des Kriegs ausgesehen hatte.

Vielleicht wollte sie an einen Menschen denken, dem sie sich einmal nahe gefühlt hatte und den es schon lang nicht mehr gab.

War es das rötliche aufflackernde Licht ihrer Zigarette oder war es ein anderer Impuls, der es bewirkte, dass ich plötzlich an die Farbe rot dachte, ja, an eine Kaskade roter Erscheinungsformen. Ich dachte an rote Malven, an rote Meere, an rote Schleifen, die über türkisfarbene Himmel ziehen, an rote Höfe in zartblauen Lavendelfeldern, an rote Reben, an Purpurschnecken, die an phönizischen Stränden angeschwemmt wurden.

Ich dachte an Flüsse, die blutrot und in stiller Klage durch dunkle Nächte fließen. Ich dachte an rote Tigeraugen. Ich dachte an rot glühendes Eisen. Ich dachte an rot flammende, in die Himmel stoßende Lava, an eine lange Jahre zurückliegende Reise in einen fernen Kontinent, als sich rot funkelnde Buschfeuer nachts am Horizont abzeichneten.

Ich dachte an rote Fahnen, an rote Grashalme, an rote Mähnen, an glühend rote Abendhimmel, das rote Blut, das ich aus Adern zapfen musste, das rote, schlagende Herz.

Ich dachte an die rosigen Wangen meiner Großmutter, in denen sich Pockennarben, die Insignien eines vergangenen Zeitalters, eingegraben hatten. Ich dachte an Rothenburg ob der Tauber, wo ich einmal als Junge in einer Jugendherberge übernachtet hatte. Ich weiß nicht, warum ich an rote Zirkusse, an Karussells mit roten Pferden, an Rotspechte, an rote Lilien und an roten Honig dachte. Selbst Bücher verwandelten sich in Rot. Rot sprühende Feuerwerke jagten in den Himmel. Es geschah, ohne dass ich wusste, warum es so war.

Ich dachte an roten Sand, der über weite Wüsten wehte und das Meer mit einem sanften, roten Schleier überzog und selbst die Fischschuppen rot färbte. Menschen, die kopfüber in das Meer tauchten, kamen an Land, als hätten sie in Blut gebadet. Rote Schafe, rote Stiere lagen umher. Nicht nur die Blüten, auch die Blätter standen feurig rot in den Himmel. Alles versank in Rot. Was letztlich die Verwandlung in das Rot bewirkte, entzog sich mir. War es der rötliche Schimmer der Zigarette gewesen, der mit seinem kurzen Aufleuchten die Dunkelheit der Nacht verzaubert hatte?

Niemand hatte bemerkt, wie sich in mir die Welt in Rot verfärbte, auch nicht Amalia M. Die Verwandlung in das Rot hatte sich sprachlos in mir vollzogen. Welchen Sinn hätte es gehabt, Amalia M von roter Hirse oder von roten Jahren zu erzählen? Von roten Heuschreckenschwärmen, die blutige Streifen in den Himmel zeichnen. Von roten Walen, die durch die Weltmeere ziehen, von rotem Wahnsinn, der hinter hohen Mauern endlos klagt. Von weißen Schafen, die sich in Rot verwandeln, von roten Fahnen, die über hohen Türmen wehen. Von Nächten, die in roter Leidenschaft glühen. Welchen Sinn hätte es gehabt, von alldem zu erzählen?

Hätte ich Amalia M von der Verwandlung in das Rot berichtet, hätte ich sie vielleicht irritiert oder sogar verwirrt. Vielleicht mochte sie kein Rot. Vielleicht war Rot derzeit nicht 'in'. Vielleicht überkam sie schon bei der Erwähnung des Wortes Rot eine Beklommenenheit.

Vielleicht hatte sie einmal erlebt, wie jemand ausgelacht worden war, weil sie oder er rote Haare hatte. Vielleicht hatte sie die rote Tinte ihres Volkschullehrers nie vergessen können. Vielleicht war es ihr unangenehm gewesen, als wir beim Rot der Ampel näher als es ihr recht gewesen sein mochte, nebeneinander gestanden hatten. Ich weiß es nicht. Mehr zu tun als zu berichten, ist mir nicht möglich. Das Rot war in mir aufgestiegen wie ein roter Mond. Darüber hinaus handelte es sich um Mutmaßungen, die sich wie Wellen in meinem Kopf ausbreiteten.

Frau Amalia M schwieg weiterhin. Ich sah sie kurz an. Aber dies änderte nichts an ihrem Schweigen und an ihrem Gesichtsausdruck. Es änderte nichts daran, dass ich noch immer nicht wusste, welchen Bahnen ihre Gedanken folgten. Wie sollte ich auch wissen, was sich in ihr abspielte? Vielleicht war das Abspielen auch kein Spielen, sondern Ernst. Vielleicht lief in ihr ein verborgener Kampf ab, den ich nicht sah, den ich nicht hörte, von dem ich nichts wusste.

Vielleicht waren ihr Vater oder ihre Mutter 'Rote' gewesen und vielleicht hatten sie gelitten. Vielleicht hatten sie in damaligen Zeiten, die nur noch in den Bibliotheken aufbewahrt zu sein scheinen, Blutströme gesehen. Vielleicht waren sie ausgepeitscht worden. Vielleicht hatten sie Menschen gesehen, die wie rote, lodernde Fackeln verbrannten. Vielleicht hatte schon Amalia M's Großvater im damaligen roten Berlin gekämpft. Vielleicht hieß ihr Vater Rothmund oder ihre Mutter Rosalinde.

Hätte ich Amalia M fragen sollen? Vielleicht, jedoch tat ich es nicht. Es ist denkbar, dass ich noch ganz im Bannkreis des Wartens auf ihre Antwort auf meine Frage stand. Mein Empfinden war, dass ich nichts sagen sollte, obgleich Amalia M es mir nicht ausdrücklich untersagt hatte, ihr noch weitere Fragen zu stellen.

Inzwischen hatte die Frau das Fenster wieder geschlossen, nicht ohne noch einen letzten Blick auf uns zu werfen. Dann hatten sich ihr Kopf, ihre Schultern und Arme hinter den Vorhängen zurückgezogen. Hin und wieder leuchteten andere Fenster der Häuserfront auf. Ansonsten geschah nichts, was mir auffallend erschienen wäre.

Wieder segelte ein Platanenblatt zu Boden. Es schien mir, als habe sich ein Vogel in das Blattwerk des Baums zurückgezogen, wo er vielleicht sein Nest hatte. Dann wurde es wieder still in dem Baum. Der Vogel hatte sich wohl entschieden, heute nicht mehr auszufliegen. Ob sich Frau Amalia M an ihm ein Beispiel nehmen würde?

Merkwürdig, welches Maß an Abwertung Vögeln in der deutschen Sprache zuteil wurde, sodass 'einen Vogel haben' mit Dummheit gleichgesetzt wird, was sich meinem Verständnis entzieht und was ich noch weniger begreife als die Flut roter Bilder. Aber es ist so und es wäre aussichtslos, dagegen ankämpfen zu wollen. Abwertungen zu ahnden ist außerordentlich schwierig. Was ist denn schon dabei, würde man mir entgegenhalten? Zudem sei der Spruch 'einen Vogel haben' nur spaßeshalber gemeint. Tatsächlich liebe man die Vögel. Zudem handele es sich bei Vögeln um erstaunlich intelligente Wesen, bedenkt man nur die unglaublichen Reisen, die Zugvögel Jahr um Jahr bewältigen.

Ich finde es bewundernswert intelligent, mit wieviel Geschick Vögel ihre Nester bauen. Ich finde es auch außerordentlich elegant, wie sie sich in die Lüfte schrauben, aus großen Höhen pfeilartig in die Tiefe schießen oder manchmal gegen einen Aufwind in der Luft wie festgenagelt ihre Position einhalten, so spielerisch leicht und kunstvoll austariert. Manchmal bedaure ich es, keinen Vogel zu haben, der jeden Tag aus der Luft auf mein Fenster zugeflogen kommt, mich, sobald er einen günstigen Landeplatz gefunden hat, von der Seite ansieht und dann ausruht, bis er die Neigung verspürt, sich wieder in die Luft aufzuschwingen, um in die Ferne zu fliegen.

Wäre Amalia M in der Lage, dies zu begreifen? Ich wünschte es mir, weiß es jedoch nicht. Vielleicht sah sie zufällig einmal den Film *Wenn die Kraniche ziehen* oder sie las die Geschichte von Nils Holgersson oder orientalische Märchen. Vielleicht musste sie sich auch einmal damit abplagen, Walther von der Vogelweides Gedichte aus dem mittelalterlichen in das heute übliche Deutsch zu übersetzen. Vielleicht hatte sie einmal einen Freund und ihn Rotspatz genannt.

All dies entzieht sich meinem Wissen. Ebenso wenig weiß ich, warum der Vogel, als ich in der Nähe von Amalia M stand, in den Baum flog und warum mir die Gedanken über die Vögel zuflogen. Ebenso wenig wie ich weiß, warum sich meine Gedanken zu allerlei roten Erscheinungen hinwendeten.

All dies spielte sich letztlich auch nur in meinem Kopf ab und so ist es berechtigt, sich zu fragen, warum es Frau Amalia M gegeben sein sollte, es nachvollziehen zu können, umso mehr als bei ihr die Dinge vielleicht ganz anders lagen. Vielleicht hatte sie ein Faible für Nashörner und vielleicht standen in ihrer, mir unbekannten Wohnung hier und dort kleine Bilder von Nashörnern oder in Ton geformte Nashörner, wobei ich auch nicht sagen könnte, welches Tier zu ihr passen könnte und für welches Tier sie eine besondere Zuneigung empfinden würde. Vielleicht besaß sie als kleines Mädchen Tierpuppen. Vielleicht schenkte ihr damals einmal jemand aus lauter Jux ein Nashorn und das schloss sie dann in ihr Herz.

Frau Amalia M hierüber zu fragen mochte ich jedoch nicht. Ich hätte ihr zu nahetreten können. Sie könnte es auch abstreiten. Auch Ionescus Theaterstück *Die Nashörner* mochte ich nicht ins Spiel bringen, da ich es nicht gelesen hatte. Wenn es der Zufall wollte, dass sie dieses Stück kannte, wäre es mir peinlich gewesen. Sie würde sich dann vermutlich verwundert gefragt haben, warum ich von

Ionescus *Die Nashörner* erzählte, ohne das Stück gelesen zu haben. Vielleicht würde sie mich für einen Aufschneider gehalten haben, was nicht gerade einen schmeichelhaften Eindruck hinterlassen hätte.

Ein Radfahrer näherte sich uns. Ich erkannte es an dem schleifenden Geräusch des Dynamos. Ich drehte mich jedoch nicht um, da Amalia M den Eindruck hätte gewinnen können, dass ich mich gelangweilt fühlte. Ich würde mich jedoch nicht aus diesem Grund umgedreht haben, sondern weil ich Fahrräder sehr viel interessanter finde als Autos, allein schon, weil Fahrräder es zuwege bringen, sich aufrecht durch die Welt zu bewegen. Zudem verkörpern Fahrräder in genialer Einfachheit die so wichtige Erfindung des Rads – so zumindest hatte ich es auf dem Gymnasium gelernt. Zudem faszinieren mich Kreise, da sie weder einen Anfang noch ein Ende haben. Schade, dass mein Leben kein Kreis ist, dachte ich manchmal. Nun, dies ist einfach ein Gedanke.

Was ich manchmal als eine Herausforderung erlebe, ist das Gefühl, dass sich Gedanken im Kreis drehen. Warum dies so ist, weiß ich nicht. Ich frage mich auch, ob es besser gewesen wäre, wenn Frau Amalia M und ich gewissermaßen im Kreis gegangen wären. Vielleicht wäre dies für Amalia M's Entscheidungsprozess vorteilhafter gewesen. Man spricht bekanntlich auch von anregenden Gesprächskreisen oder, noch feiner ausgedrückt, Literatenzirkeln, wobei ein Zirkel, soweit ich mich erinnere, sowohl ein Instrument ist, das dazu befähigt, exakte Kreise auf das Papier zu zaubern als auch ein Kreis selbst. Aber vielleicht täusche ich mich.

Gewiss hätte ich Amalia M fragen können, „Frau Amalia M gestatten Sie mir noch eine kurze Zwischenfrage: Was halten Sie von Kreisen – Kreisen mit K natürlich? Mögen Sie Kreise?" Ich nehme jedoch an, dass dies merkwürdig geklungen hätte. Außerdem hätte ich mich wieder dem Problem gegenüber gesehen, ob ich Amalia M überhaupt hätte fragen sollen. Denn allein schon meine Frage hinsichtlich der Einladung hatte erhebliche Kreise gezogen. Würde ich nun – bildlich gesprochen – gewissermaßen noch einen zweiten Stein ins Wasser werfen, könnte die Situation für Amalia M allzu verwirrend werden.

Wie sollte es ihr gelingen, die durch die völlig verschiedenen Fragen ausgelösten Impulse sorgfältig im Blickfeld zu behalten und auseinanderzuhalten, sodass sie sich nicht miteinander verknoteten? Und wenn es ihr nicht gelänge? So dachte ich, dass ich ihr eine solche Frage nicht stellen dürfe. Es könnte sie wirklich zu sehr verwirren. Außerdem könnte sie zu dem Schluss kommen, dass ich vergessen haben könnte, dass sie sich noch um die erste Frage bemühte und sich mit ihr auseinandersetzte. Und überhaupt, was hatte die Frage, die sich auf den Kreis bezog, mit der jetzigen Situation zu tun?

Vielleicht würde Amalia M zu der Auffassung gelangen, ich sei Mathematiker, obgleich ich dies zweifellos nicht bin. Vielleicht würde sie sich leicht geängstigt fühlen, dass ich mit einer solchen abstrakten Frage versuchen wollte, sie von ihrem Klärungsprozess bezüglich ihrer Entscheidung abzubringen, wofür sie ihre gesamte Konzentration brauchte. So sprach ich die Frage bezüglich des Kreises nicht aus, sondern bewahrte sie in mir.

# IX

## INTERMEZZO:
## DER WACHSENDE BERICHT

Wiederum darf ich die verehrten Leserinnen und Leser um Nachsicht bitten, wenn ich den Gang des Geschehens vor dem Haus unterbreche, um den Blick auf die Fortführung der Arbeit an dem Bericht zu werfen.

Bis zehn Uhr abends hatte ich am Vortag gearbeitet. Obwohl ich mich in der Lage fühlte weiterzuschreiben, musste ich die Arbeit abbrechen, um einer Einladung zu folgen. Da sich mein Gefühl dagegen sträubte, den bis dahin erstellten Bericht aus der Hand zu legen und allein auf dem Schreibtisch liegend zurückzulassen, hüllte ich ihn vorsichtig in eine Plastikfolie, nahm ihn mit mir und legte ihn behutsam neben mich auf den leeren Beifahrersitz meines Autos. Auch während des Autofahrens wollten meine Gedanken nicht von dem Bericht ablassen. Immer wieder war ich aufs Neue darüber verwundert, dass ich den Bericht hatte in Angriff nehmen können und schon zahlreiche weiße Papierbögen mit Worten und Sätzen gefüllt hatte.

Im Haus der Gastgeberin wurde ich freundlich begrüßt. Schon beim Öffnen der Tür ließ die Gastgeberin, die mich einige Monate nicht gesehen hatte, die Bemerkung fallen, ich sähe überarbeitet aus. Vielleicht hatte sie recht, ich jedoch spürte es nicht, auch weil es nicht der Fall zu sein schien, dass ich meine Kräfte überfordert hätte.

Ich betrachtete mich nur als den Schauplatz von Kräften, die mich durchströmten und ihre heiße Lava von Worten und Sätzen in mich ergossen. Ich war nur der Protokollant, der

Schreiber, der *Homo scribiens*, der vielleicht in Überstunden geraten war, da die Finger noch immer nicht die Schnellschrift beherrschten, um in Eile über die Tastatur zu gleiten.

Die Gastgeberin bot mir eine Tasse Tee an. Zunächst zögerte ich, dieses Angebot anzunehmen, da es angezeigt gewesen wäre, dem ungeduldigen Drängen der inneren Schreibimpulse Folge zu leisten und umgehend wieder nach Hause zurückzukehren, um die Arbeit an dem Bericht fortzuführen. Da die Aussicht auf eine Tasse Tee jedoch zu verlockend war, blieb ich. Meinen Bericht, den ich nicht im Auto liegengelassen hatte, legte ich auf meinen Schoß, um ihm keine allzu große Distanz von mir zuzumuten.

Meine Gastgeberin blieb zurückhaltend und beschränkte sich auf die kurze Frage, womit ich mich derzeit beschäftigte. Als ich ihr vom Schreiben und meiner Verwunderung darüber berichtete, wie Worte und Sätze in mein Bewusstsein strömten, bat sie mich, ob ich ihr in wenigen Worten den Inhalt meines bislang verfassten Berichts beschreiben könnte. Als ich zu meiner Überraschung feststellen musste, dass mir dies nicht möglich war, akzeptierte sie dies mit einem verständnisvollen Lächeln. Obgleich der Bericht auf meinem Schoß ruhte, fühlte ich mich außerstande, seinen Inhalt in wenigen Worten wiederzugeben.

Als ich mich bald nach dem Genuss der Tasse Tee wieder verabschiedete, rief mir die Gastgeberin noch zu, sie würde den Bericht gern einmal lesen. Obwohl mich ihr Interesse freute, zögerte ich, ihr eine feste Zusage zu geben, da ich mir sehr wohl bewusst war, dass ich den Bericht noch nicht fertiggestellt hatte.

Spät am Abend blätterte ich mehrmals durch die Seiten, als entzöge es sich meinem Begreifen, dass das, was ich bislang geschrieben hatte, wirklich war. „Das kannst du doch nicht geschrieben haben", ging es mir immer wieder durch den Kopf und es fiel mir schwer, die Gedanken zur Ruhe kommen zu lassen. Eine Zeit lang ließ ich noch eine Kerze brennen. Auch gegen die Unruhe, ob und wie sich morgen der Bericht fortentwickeln würde, hatte ich anzukämpfen. Ein Titel fiel mir ein. Aber ich war zu müde, ihn auf dem Papier festzuhalten. Dann schlief ich ein.

Ungewöhnlich früh wachte ich am nächsten Morgen auf. Zart schimmerte der Morgenhimmel durch den Vorhang, auf dem sich die Muster blasser Vögel gegen den grauen Himmel abzeichneten. Da ich den Tag noch nicht beginnen wollte, versuchte ich, weiterzuschlafen. Aber immer wieder glitt ich in ein Aufwachen und dann zurück in den Schlaf, bis ich mich entschloss aufzustehen. Zwar war ich immer noch müde, aber die Vorstellungen über den weiteren Verlauf des Berichts hatten sich am Himmel der inneren Wahrnehmung abgezeichnet.

So nahm ich den Faden des Berichts wieder an der Stelle in die Hand, wo ich am Tag zuvor das Schreiben abgebrochen hatte.

# X

# AUF DIE BEGEGNUNG FALLENDE LICHTSCHIMMER

Wieder sah ich, Nikolaus B, mich unweit des Hauses stehen, in unverändert gleichem Abstand zu Frau Amalia M. Noch immer befand ich mich in einem Zustand des Wartens, obgleich das Wesen dieses Wartens näher zu beschreiben mir weiterhin kaum möglich ist.

Erst nachdem ich schon einige Zeit gewartet hatte, ohne genau zu wissen wie lang, wurde mir bewusst, dass sich die Zeit aus meinem Bewusstsein ausgeklinkt hatte. Was ich vor mir sah, Amalia M's Gesicht, ihren Oberkörper und ihre Arme, denn die Beine sah ich nicht, sowie den Ausschnitt des Hauses samt der Haustür, ist in eine innere Stille versunken, in der die Zeit den Atem anhielt. Als hätte die Zeit sich dezent zurückgezogen, um Amalia M und mich in einem seidenen Zelt an Zeitlosigkeit zu belassen.

Zwar dachte ich hin und wieder daran zurück, wie ich quer über den Bahnhofsplatz gelaufen war. Aber es war, als würde ich nicht an die Zeit denken, da die Gedanken frei von der Vorstellung einer Uhr und eines unerbittlich vorwärts tickenden Zeigers waren. Die Zeit hatte mir ein Lösen von ihren an sie erinnernden, wenn nicht mahnenden Instrumenten gewährt.

Zwischen der Begegnung am Bahnhof und dem Stehen vor dem Haus mochten eine Stunde, die Wegstrecke des Schattens des Zeigers einer Sonnenuhr vergangen sein, aber es hätten auch Tage oder Jahre sein können. Zwischen dem Moment, als ich meine Frage an Amalia M gerichtet hatte und jetzt mochten Minuten vergangen sein oder Sekunden oder Lichtjahre. Es spielte keine Rolle mehr. Es war, als habe uns die Zeit den Segen des Zeitlosen erteilt. Ich spreche von 'uns', da Amalia M es vielleicht ähnlich empfand.

Mehrmals schon hatte ich Katzenlaute vernommen. Bislang hatte ich sie nur aus der gleichen Entfernung zur Kenntnis genommen wie das Geräusch vorüberfahrender Automobile. Aber jetzt schien sich eine Katze näher heranzuwagen. Bald stand sie mit großen Pupillen und dunkel glänzendem Fell neben mir. Bislang hatte ich in aufrechter Haltung gestanden, aber das plötzliche Auftauchen der Katze, deren dunkles, schwarzes Fell noch intensiver war als das Dunkel der Nacht, lockte mich, mich nach unten zu beugen, um mich der Katze zu nähern.

Ich tat es ohne weiteres Nachdenken und ohne mich zu vergewissern, wie Amalia M reagieren würde oder mir

Gedanken darüber zu machen, was sie von meinem Kontakt-versuch zu einem Vierbeiner hielte, während ich mich nun kniend neben der Katze wiederfand.

Die Katze zuckte nur leise zurück, fasste dann jedoch Zutrauen, indem sie näher kam und sich an mich schmiegte. Auch als ich den Arm nach ihr ausstreckte, um ihr sachte das Fell zu streicheln, blieb die Katze und schien es zu genießen, ohne Anstalten zu machen, das Weite zu suchen.

All dies war so schnell geschehen und doch war es so merkwürdig vertraut, dass ich mich für einen Augenblick von den Armen früherer Erinnerungen aus der Gegenwart weg-gezogen fühlte. Ich, Nikolaus B, der ich hier in Gegenwart von Amalia M, die mir noch unbekannt war, eine mir völlig fremde Katze streichelte, stand damals als kleiner Junge auf einem Bauernhof und versuchte, nicht von allzu viel größerer Statur als die damalige Katze, mit ihr 'ins Gespräch' zu kommen.

Was war dieser schlanke, sich elegant bewegende Körper, dessen Ohren unablässig in die Welt horchten und der ein so urvertrauendes Schnurren abgeben konnte, der sich so grazil, so auf den Moment gespannt, bewegen und dann so unendlich entspannt sich verwandeln konnte und so sprachlos war? Warum konnte sie, die damalige Katze, nicht sprechen? Aber vielleicht konnte ich damals auch noch nicht sprechen, nicht wissend, dass ich nicht sprechen konnte, und ohne zu wissen, dass ich vielleicht einmal würde sprechen können?

Noch bevor die Katze der Gegenwart, die nun signalisierte, dass ihr Bedarf an Zuwendung zufriedengestellt sei, sich wieder auf den Weg machte, glitt ich in die Gegenwart zurück. Aber, und dies überraschte mich, noch immer kam mir nicht die Frage, was Amalia M zu diesem sich vor ihr abspielenden Zusammenspiel von der Katze und mir gedacht haben mochte.

Dennoch spürte ich, und zwar bevor ich es mit meinen Augen wahrnahm, dass ein warmer Blick, so kostbar wie Goldregen, auf dem Mann ruhte, der gerade noch gekniet und nun mit einem leichten Raspeln in den Kniegelenken wieder den Weg in die aufrechte Haltung zurückgefunden hatte.

Das Zurückkommen aus der Begegnung mit der Katze schien auch seltsamerweise zu bewirken, das Kapitel des Wartens zu beenden. Amalia M, die bislang wie in einer Wiege der Verschwommenheit vor mir gestanden hatte, wandte mir nun ihre Augen zu und sah mich an. Als habe sie den Zugriff zu ihren Worten wiedergefunden und als sei es ihr wichtig, dass ich die Bedeutung ihrer Worte verstünde, sagte sie mir, und zwar in einem bedachten, ja achtsamen Tonfall:

„Lieber Nikolaus B. Es tut mir leid, dass ich Sie so lang habe warten lassen. Wie lang es war, weiß ich nicht genau. Mir jedoch schien es sehr lang. Ich habe mir Ihre Frage intensiv durch den Kopf gehen lassen und mich bemüht, zu einer klaren Entscheidung zu kommen. Aber es tut mir sehr leid. Dies ist mir heute Abend noch nicht möglich. Ich wüsste gern, warum es so ist, aber ich weiß es nicht. Es ist einfach so. Würde ich mich zu einer Entscheidung zwingen, so müsste ich mir Gewalt antun. Aber das möchte ich nicht. Ich möchte es nicht um meinetwillen, aber ich möchte es auch nicht um der Frage willen, die Sie mir gestellt haben, und somit auch nicht um Ihretwillen.

Ich weiß nicht, warum Sie die Frage gestellt haben. Aber ich habe das Gefühl, sie sei wichtig, obgleich ich sie noch nicht vollkommen verstanden habe. Mehr kann ich im Moment noch nicht sagen. Ich bitte Sie zu verstehen, dass ich noch Zeit brauche. Auch wenn Sie es vielleicht nicht verstehen, bitte geben Sie mir noch Zeit zur Antwort."

Ich, Nikolaus B, schwieg.

„Eine Frage habe ich noch an Sie. Darf ich sie Ihnen stellen?", fügte Amalia M hinzu.

„Ja, gern", entgegnete ich.

„Leben Sie in dieser Stadt? Sind Sie per Telefon zu erreichen?"

„Ja", sagte ich. „Ich lebe hier, was auch immer man darunter verstehen mag. Ich verfüge auch über ein Telefon."

„Darf ich Sie um Ihre Telefonnummer bitten?"

„Gewiss, gern", antwortete ich, schrieb meine Telefonnummer auf einen Zettel und überreichte ihn Amalia M.

„Ich danke für Ihre Antwort und für Ihre Telefonnummer.
Kommen Sie gut nach Hause. Gute Nacht." Mit diesen Worten verabschiedete sich Amalia M.

„Gute Nacht wünsche ich auch Ihnen", sagte ich und wartete dann, bis Amalia M die Haustür aufgeschlossen hatte
und ihre Gestalt hinter der sicher ins Schloss fallenden Tür
im Inneren des Treppenhauses verschwunden war.

# XI

# DER ALLEINIGE GANG NACH HAUSE

„Du hast eine Frage gestellt. Du hast keine Antwort bekommen. Vielleicht wirst du eine Antwort bekommen, vielleicht nie. Vielleicht wirst du auch nie wissen, warum du diese Frage gestellt hast", sagte ich zu mir, als ich durch die Allee ging, um mich über eine Abfolge von Straßen und Seitenstraßen, begleitet von den Lichtkegeln hoher Laternen und dem dunklen Samt des Nachthimmels, in meiner Wohnung einzufinden.

Ich wusste, dass es sinnlos war – so gut hatte ich mich inzwischen in meinem bisherigen Leben kennengelernt –, die Gedankenmühle über das Geschehen des Tages sich weiter drehen zu lassen. Alles, was ich wusste war, dass die Begegnung mit Amalia M, so sprachlos sie auch weitgehend war und so rätselhaft sie auch geendet hatte, wie ein Blick über ein Meer gewesen war, wo alles, so einfach es auf den ersten Blick auch zu beschreiben erscheint, bei zunehmender Betrachtung die Gedanken in immer tiefere Schichten der Magie zieht.

Und wie wäre ich, Nikolaus B, in der Lage, hierüber weiterhin nachzudenken, jetzt, wo es schon so spät geworden war?

Der reflexartige Griff nach der Zeitung führte nicht weit. Der Blick blieb bei den Überschriften stecken. Ein Buch zu lesen, war zu anstrengend. Auch einen Gedichtband aufzuschlagen und es dem Zufall zu überlassen, in ihm zu blättern, schien heute zu mühsam. So beschränkte ich mich darauf, kurz vor dem Einschlafen noch ein Glas Orangensaft zu trinken.

Nachdem ich das Licht ausgelöscht hatte und sich meine Augen im Dunkeln verloren, schien alles sehr einfach, geradezu unbegreifbar einfach, widergespiegelt durch den aus nur wenigen Worten bestehenden Satz: *That's life - C'est la vie.* Oder: *Das ist das Leben.*

Aber bevor sich mein Bewusstsein zur Nachtruhe von mir verabschiedete, schwebten mir noch zwei Zeilen eines Gedichts von W. H. Auden in den Sinn, auf die ich vor geraumer Zeit gestoßen war und die mich seitdem begleitet hatten:

*Lay your sleeping head, my love,*

*Human on my faithless arm.*

In einem anderen Gedicht hatte, wiederum der gleiche Dichter, W. H. Auden, geschrieben:

*Time will say nothing but I told you so.*

Aber da war ich, Nikolaus B, schon in den Armen des Schlafs versunken.

# XII

## EIN ABENDLICHER ANRUF

Drei Wochen waren vergangen, nachdem sich Amalia M vor der Haustür von mir verabschiedet hatte, als am Abend gegen zwanzig Uhr das Telefon klingelte. Die Dunkelheit hatte, da sich das Jahr langsam seiner zweiten Hälfte zuwandte, schon früher eingesetzt.

Ich hob den Telefonhörer ab. Sofort erkannte ich die Stimme:

„Sind Sie es, Nikolaus B?"

„Ja", sagte ich, „ich weiß, dass Sie es sind, Frau Amalia M."

„Herr Nikolaus B, ich möchte Ihnen meine Antwort auf Ihre Frage mitteilen", entgegnete Amalia M, „haben Sie einen Moment Zeit?"

„Ja, selbstverständlich, sogar mehr als einen Moment", antwortete ich.

„Ich möchte Ihnen sagen, dass ich Ihre Einladung annehme."

„Ach", sagte ich, Nikolaus B.

„Ja", fuhr Amalia M fort, „ich sage Ihnen auch, warum. Ihre Frage war sehr schwierig für mich. Ich fühlte mich lang hin- und hergerissen, im Unklaren, im Ungewissen. Geradezu verwirrt, wenn ich es so sagen darf. Ihre Frage beinhaltet ein großes Wagnis. Vielleicht wussten Sie es nicht. Ihre Frage beinhaltet die Öffnung, ohne Hoffnung auf Antworten. Mehr möchte ich hierzu jetzt nicht sagen, nicht am Telefon. Aber letztlich den Ausschlag gegeben hat mir, dass Sie mir Zeit gewährt haben, Zeit zur Beantwortung der Frage."

„Es tut mir sehr leid, dass ich Sie verwirrt habe", sagte ich.

„Es ist in Ordnung so. Ich wollte es Ihnen nur sagen. Und dann", fügte Amalia M hinzu, „möchte ich Ihnen noch sagen, dass ich gern mit Ihnen einen Abendspaziergang machen und an einen Fluss gehen möchte."

„Ja", antwortete ich ihr, „eine schöne Idee, dazu hätte ich auch Lust. Vielleicht verstehen Sie das nicht. Manchmal sehe ich Flüsse vor mir. Manchmal spüre ich sogar einen Strom in mir. Selbst wenn ich auf festem Boden spazierengehe, habe ich manchmal das Gefühl, auf einem Fluss dahingetragen zu werden."

„Ich weiß nicht, ob ich es verstehe", erwiderte Amalia M, „es stört mich jedoch nicht. Und es ängstigt mich auch nicht."

„Wann und wo sollen wir uns treffen"?, fragte ich Amalia M dann.

„Am besten gleich, und wenn es Ihnen nichts ausmacht, an der Stelle, nämlich dem Hauseingang, wo wir uns neulich verabschiedet haben. Dann ziehen wir von dort aus los."

„Das kann ich so einrichten. Ich bin in einer halben Stunde bei Ihnen. Sagen Sie mir bitte vielleicht noch, wann Sie wieder zu Hause sein müssen", fragte ich Amalia M.

„Erinnern Sie sich noch, dass Sie mich zu einem Abendspaziergang eingeladen haben"?, fragte mich nun Amalia M.

Zwar erinnerte ich mich. Dennoch war ich leicht verwirrt.

„Es stimmt. Sie haben recht, so hatte ich es gesagt", antwortete ich Amalia M.

„Vielleicht haben Sie nicht bedacht, dass die Nacht, wenn sie einmal mit dem Abend begonnen hat, alle Höhen und Tiefen durchläuft, alle Sterne, Milchstraßen, Kometen, Monde und ungeträumten Planeten erlebt, bevor sie im Morgengrauen erlischt. Sie haben mich nicht nur zu einem Abendspaziergang, einem ein Viertel Nachtspaziergang, eingeladen, sondern zu einem Spaziergang, der den ganzen Bogen der Nacht umfasst", entgegnete Amalia M.

Leise, so ganz leise zitterte meine Hand, als ich aus dem Fenster sah in den Abend, den Hauch der Nacht, der sich in die Wirklichkeit der Dunkelheit verwandelte.

„Es war so, wie Sie sagen, und es ist so, wie Sie sagen", erwiderte ich Amalia M nach einer Pause. „Es ist einfach so und ich freue mich, Sie zu sehen. Ich werde bald kommen."

„Ich freue mich auch. Bis gleich. Aber heute brauchen Sie einmal keine Fragen mitzubringen", sagte Amalia M noch.

„Gut, dann lasse ich die Fragen eben hier."

„Bis gleich."

„Ja, bis gleich," sagte ich, Nikolaus B, noch und legte den Telefonhörer auf.

# XIII

# AUFBRUCH
# IN DAS WAGNIS DER NACHT

*Time will say nothing but I told you so,* ging es mir durch

den Kopf, als ich mich auf den Weg zu Amalia M machte und

an die anderen Gedichtzeilen dachte:

*Lay your sleeping head, my love,*

*Human on my faithless arm.*

So ging ich, Nikolaus B, in den Abend, der Nacht entgegen.

# DANK

So sehr sich ein Autor auch der Illusion hingeben mag, ein Buch zu schreiben, ist er doch nur in der Lage, Papierbögen mit einem Tintenstift oder digital zu beschriften, oft genug mit Wortfehlern, Stilbrüchen, grammatikalischen Faux-pas und Interpunktionsmängeln versehen.

Die wundersame Verwandlung in ein Buch kann nur in den Händen von Menschen gelingen, die sich dieser Aufgabe, wenn nicht Herausforderung, mit Freude, Motivation, Anteilnahme, Talent und großer professioneller Kompetenz widmen, als handle es sich um ein eigenes Wortgeschöpf.

So betrachte ich es als einen glücklichen Umstand und ist es mir eine große Freude, zwei Menschen für Ihre Verwandlungsarbeit des Manuskripts zu danken, und zwar Susanne Kraft für die sorgfältige, durchdachte Durchsicht des Manuskripts, ihr feinfühliges Sprachgefühl und ihre feinsinnigen Anregungen und Uwe Kohlhammer für das kunstvolle Talent, das Manuskript in ein so schönes Layout zu kleiden, in dem sich Amalia M und Nikolaus B, die Protagonisten von *Die Sänfte des Zufalls*, wohlfühlen.

# BÜCHER VON HILDEGUND HEINL
# UND PETER HEINL

## IM THINKAEON VERLAG

*Neu erschienen als Buch und als EBook*

**UND WIEDER
BLÜHEN DIE ROSEN**

Mein Leben nach dem Schlaganfall

Erstmals erschienen bei Kösel, München, 2001

Heinl, H.: Thinkaeon, London, 2015
(Neuauflage)

*Erhältlich über www.Amazon.de*

Peter Heinl

> Maikäfer flieg, dein Vater ist im Krieg ... <

Seelische Wunden aus der Kriegskindheit

KÖSEL

**„MAIKÄFER FLIEG, DEIN VATER IST IM KRIEG ..."**

Seelische Wunden aus der Kriegskindheit

Heinl, P.: Kösel, München, 1994, (8. Auflage)

Peter Heinl

»MAIKÄFER FLIEG, DEIN VATER IST IM KRIEG«

SEELISCHE WUNDEN AUS DER KRIEGSKINDHEIT

THINKAEON

*Neu erschienen als Buch und als EBook*

**„MAIKÄFER FLIEG, DEIN VATER IST IM KRIEG ..."**

Seelische Wunden aus der Kriegskindheit

Erstmals erschienen bei Kösel, München, 1994

Heinl, P.: Thinkaeon, London, 2015

(Neuauflage)

*Erhältlich über www.Amazon.de*

## KÖRPERSCHMERZ-SEELENSCHMERZ

Die Psychosomatik des Bewegungssystems
Ein Leitfaden

Heinl, H. und Heinl. P.: Kösel, München 2004
(6. Auflage)

*Neu erschienen als Buch und als EBook*

## KÖRPERSCHMERZ-SEELENSCHMERZ

Die Psychosomatik des Bewegungssystems
Ein Leitfaden

Erstmals erschienen bei Kösel, München, 2004

Heinl, H. und Heinl. P.: Thinkaeon, London, 2015
(Neuauflage)

*Erhältlich über www.Amazon.de*

*Neu erschienen als Buch und als EBook*

## LICHT IN DEN OZEAN DES UNBEWUSSTEN

Vom intuitiven Denken zur Intuitiven Diagnostik
Ein Leitfaden in den Denkraum

Heinl, P.: Thinkaeon, London, 2014

*Erhältlich über www.Amazon.de*

*Soon available*

## LIGHT INTO THE OCEAN OF THE UNCONSCIOUS

From Intuitive Thinking to Intuitive Diagnostics
A Path into the Realm of Thinking

Heinl, P.: Thinkaeon, London, 2019

*Soon available via Amazon*

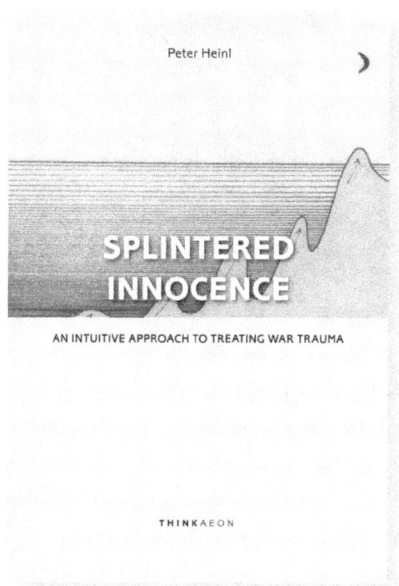

*Neu erschienen als Buch und als EBook*

## SPLINTERED INNOCENCE

An Intuitive Approach to Treating War Trauma

Erstmals erschienen bei Routledge, London-New York, 2001

Heinl, P.: Thinkaeon, London, 2015

(Neuauflage)

*Erhältlich über www.Amazon.de*

*Neu erschienen als Buch und als EBook*

## SCHLAFLOSER MOND

Im Labyrinth des Chronischen Erschöpfungssyndroms

Heinl, P.: Thinkaeon, London, 2016

*Erhältlich über www.Amazon.de*

*Neu erschienen als Buch und als EBook*

## LAVATANZ

Worte im schwebenden Raum

Heinl, P.: Thinkaeon, London, 2016

*Erhältlich über www.Amazon.de*

*Neu erschienen als Buch und als EBook*

## ESTHER K.
## GENANNT EMMA

Eine Märchenfantasie

Heinl, P.: Thinkaeon, London, 2016

*Erhältlich über www.Amazon.de*

*Neu erschienen als Buch und als EBook*

## LICHTSCHNEE

im Wortraum

Heinl, P.: Thinkaeon, London, 2016

*Erhältlich über www.Amazon.de*

*Neu erschienen als Buch und als EBook*

## DIE TAGE AM WORTSEE

Roman

Heinl, P.: Thinkaeon, London, 2016

*Erhältlich über www.Amazon.de*

*Neu erschienen als Buch und als EBook*

**VERSECIRCUS**

Heinl, P.: Thinkaeon, London, 2016

*Erhältlich über www.Amazon.de*

*Neu erschienen als Buch und als EBook*

**WEISSES
MARIONETTENPFERDCHEN**

Theaterspiel

Heinl, P.: Thinkaeon, London, 2017

*Erhältlich über www.Amazon.de*

*Neu erschienen als Buch und als EBook*

**DIE TÜRME DER ERINNERUNG**
Erzählung

Heinl, P.: Thinkaeon, London, 2017
*Erhältlich über www.Amazon.de*

*Neu erschienen als Buch und als EBook*

**STUFENGESANG**
Erzählung

Heinl, P.: Thinkaeon, London, 2017
*Erhältlich über www.Amazon.de*

*Neu erschienen als Buch und als EBook*

**IM KÄFIG**

Theaterstück

Heinl, P.: Thinkaeon, London, 2017

*Erhältlich über www.Amazon.de*

*Neu erschienen als Buch und als EBook*

**TRAUMBAUM**

Gedichte

Heinl, P.: Thinkaeon, London, 2017

*Erhältlich über www.Amazon.de*

*Neu erschienen als Buch und als EBook*

## DAS ORAKEL DER BRÜCKE
Erzählung

Heinl, P.: Thinkaeon, London, 2017

*Erhältlich über www.Amazon.de*

*Neu erschienen als Buch und als EBook*

## TINTENMEER
Ein Brief

Heinl, P.: Thinkaeon, London, 2018

*Erhältlich über www.Amazon.de*

Neu erschienen als Buch und als EBook

**DIE KRÖNUNG DER ANHÖHE**
Erzählung
Heinl, P.: Thinkaeon, London, 2018
*Erhältlich über www.Amazon.de*

Neu erschienen als Buch und als EBook

**DIE SÄNFTE DES ZUFALLS**
Erzählung
Heinl, P.: Thinkaeon, London, 2018
*Erhältlich über www.Amazon.de*

www.ingramcontent.com/pod-product-compliance
Lightning Source LLC
Chambersburg PA
CBHW061523050726
47503CB00015B/2684